# レールの向こう

大城立裕

# 目次

# レールの向こう

# レールの向こう

那覇市立病院の脳神経外科病棟は二階の北端にある。北向きの窓の向こうに、ほんの二十メートルほどを隔てて、眼の高さほどに環状二号線の高架をモノレールが走り、そこに市立病院前という駅がある。レールの南側に病院、北側に森の公園とその麓の末吉町が向かい合っているとは、はじめて意識した。

お前をICUから脳神経外科病棟へ移した日に、私は窓際のベッドに横たわっているお前に、ひとまずモノレールのことを告げようとした。

「ほら、モノレールの駅が見えるだろう」

が、お前の半開きの眼に反応はない。終点首里の近くに住んで、日頃馴染んで来たというのに、いまのお前には、ほとんど無縁なものになってしまったのか。

朝はやくにお前の洗面の手が止まり、左側におかれた洗濯機に寄りかかったのを、たまたますぐ側のキッチンでトーストを焼いていた息子が発見した。私が大声でよばれ、背後から二人で肩をかかえて呼びかけても答えないので、救急車をよび、この病院の救急センターに運びこんだあと、三日目に脳神経外科の病棟に移したのだった。

洗濯機に支えられなかったら脳挫傷になったはずで、思えば不幸中の幸いということか。

脳梗塞という病名を世間話に聞いたことはあるが、それがまさかお前の上に降りかかろうとは突然すぎることだ。

わが家の生活が一変した。

家族がＩＣＵに呼ばれてそろった。家にいるのは私のほかにちょうど職を離れている次男の悦雄だけである。長男の為雄夫婦が近くに住んでいて、たまたま土曜日だから、夫婦ともに休みでいるところへ連絡して呼んだ。数少ない家族をそろえて、主治医がＭＲＩ画像で説明した。心臓に生じた微細な脂肪の塊が血流にのって右脳へとんだ結果だとか。画像のなかで右脳が大幅に真っ白く見え、それが、いまお前の意識が混濁している徴（しるし）だ、という。

「この二、三日が勝負で、最悪事態には手術をするかしないか、ということになりますが、年齢も考えて……」

その最悪事態は避けられたが、ＩＣＵでの二日目の朝に意識が戻ったとき、私が嬉しさの気持ちをこめてお前の右腕を握ったのへ、お前が言ったのは、「あなた、役所から帰ってきたの？」であった。

「退職したんだよ」

私は生真面目に一言答えるにとどめた。公務員を定年退職して三十年近くも経つというのに、いまこういう質問をするお前を、これからどう扱うことになるのか。

長男の為雄夫婦が手際よく入院準備のこまかい買い物をまとめ、次男の悦雄が家に帰りお前の下着などを取って来るころには、どれくらい入院することになるのだろうかと、私は考えはじめた。ここは救急専門の病院だから、救急期間を過ぎたら、然るべきリハビリ病院へ移されると聞かされたのは、三日目のことで、あわせてどれほど入院するのかは、まだ予測の限りではない。

食事の嚥下改良が課題だと、脳神経外科病棟に移された翌日に主治医の説明があり、それはたしかに流動食を呑みこむのにも無理している様子で納得できた。嚥下リハビリの部屋というものがあり、毎回八人ほどの患者が一緒だが、各人のメニューが一色でなく、私は付き添っていて、お前のそれが軽いものか重いものかを値踏みした。

嚥下障害は十日間ほどで回復したが、麻痺した左手は茶碗をもつのも難渋し、これの将来も記憶障害とおなじく見えない。

病院ではもちろん完全看護だが、そのマニュアルの埒外におかれる世話、たとえばペットボトルやティッシュや嚥下をたすけるゼリーなどというこまごました買い物は、悦雄が家と往復しながら務める。

私は気になりながらも、できるだけ自分が過労にならないように気をつけた。五年前に脊髄出血に見舞われ、そのせいで左足が不自由になっている。それに、私までも入院することになっては大変だ、という配慮からである。かこつけてさぼっていると言われてもよいと、開きなおる気になり、週に二回だけ通うことにした。悦雄は、毎日正午から通い、お前の夕食を見とどけてから帰る。私が家にいるだけの日には、もちろん私の在宅食事を用意するが、病院に来るときは、二人だけの弁当やサンドイッチを地下の売店から買って来ることになる。

お前は若いころから化粧には丹念であったせいで、頬に皺ひとつないのが、私も感心していたのに、いま頬の肉が落ちたという印象は否めない。その化粧や下着などの手伝いを、三人いるお前の妹たちにしてもらわなければならない。髪を切りたいとお前が言いだしたのは、九日目のことだ。美容院が院内の地下にあることは知っているが、そこへの付き添いも妹の誰かが来たときに頼むことにした。

お前の頭で、ここが自分の家でないとは分かったようだが、市立病院だと認識したのは、二週間も後のことであった。五日目から二週間目までのあいだに、四、五回もお前から質問を受けたのは、ここは自分の家ではないが長崎かとか、自分は琉大病院にもいたかとか、名護からいつ移ってきたか、ということであった。長崎というのは、姪の娘が長崎の大学で医学部にいるが、自分の孫のように可愛がっているせいもあって、インターンには家から近いこの市立病院に来るとよいのに、と口癖のように言っていることに関わるのだろうか。琉大病院はわが家から四キロも離れており、名護ははるか北へ五十キロほども離れた町である。家からモノレールに沿った環状二号線を車で五分という近場にあるこの病院のことが、いまお前の頭のなかで、どのように印象されているのか、あるいはされていたのか、リハビリ病院へ移るまでに三週間もいたけれども、その間のことが退院後にまったく記憶されていないのであった。「市立病院」という認識は、入院中にもっぱら付き添いの誰彼から注ぎこまれてのものである。

記憶障害の克服と手足の訓練のために、リハビリの日課がある。午前と午後にあわせて三回、お前を悦雄が車椅子に乗せて地下一階に行くと、教室の二つほども入ろうかというほどの広いリハビリ室がある。ビニールの大きな毬（まり）や平行棒などの器具を使い、男女のスタッフに付き添われて、さまざまな年齢の男女が手足と頭脳を動かす訓練を受ける。お前が左足を訓練台の上に載せたり下ろしたりするのに、テンポが遅れるのを見て、私が今更の感に打たれていると、スタッフがそれをちらと見るだけで、珍しくもないという表情で、もとのお前の世話に戻る。こういう日常も世にはあるのかと、つい思う。

お前の記憶の測定は、いずれも私を長嘆息させるものだ。トランプの記号や数字やアルファベットや五十音が、こんなにも人間を試すものか。「ここに二桁の数字を書いた、小さなカードがあります……」と、スタッフが出題するのを聞きながら、私は若いお父さんが保育園児に付き添っている気持ちにさせられる。「これらのうち、足して四十に満ちるものを右に、満たないものを左にまとめて置いてください」と言ったあとで、お前が真剣に従うのを、スタッフはストップ・ウォッチで計る。その成績を気にする前に、こんな簡単な算数の問題を笑いも侮りもせずに、幼児なみに素直に間違えていくお前を、あらためて抱きしめてやりたくもなる。

三週間後にリハビリ病院へ移ってみると、さすがにそこの器具には、いくらでもと言いたくなるほど、市立病院の何倍ものバラエティーがある。小児科医院の待合室によく見られる小さくカラフルな木製ブロックを、なかなかうまく課題どおりに積み上げることのできないお前に、声援の言葉をかけてよいものかどうか、私は迷った。家族はできるだけ見学してください、励みになりますから、と病院が言うことに、どれだけ素直に従ってよいものか、迷うのも家族だからなのだろうか。

世にはこうも脳の病人が多く、それへの対応の研究の発達を促したのかと、世界中のその時間の長さが驚異をもって察しられた。

脳神経外科病棟は四人部屋であるが、一週間目頃であったか、おなじく窓際で向かいのベッドにいる花城さんが、持ち前の銅鑼声でいきなり痛い、痛いと叫んだときは、びっくりした。夜でなく昼下がりであったからよかったものの、なんということもない栄養剤の静脈注射ごときで、あのような叫び声を上げたときは、お前か私へよほどのクレームをつけられたかと思った。機嫌のよいときに私の年を訊きただし、自分と同じかと嬉しそうに笑ってみせたものだが、うちの父ちゃんは私より二つも若かったけれど、二年前に死んでしまいましてね、と言う。付き添いの娘さんが、自分に子供がいなくて看護にちょうどよかったと言いながら、父親は本当は十年前に死んでいるのですよと笑い、母親の横顔を見ながら、アルツハイマーですよと付け加えた。花城さんはそれを聞きながら、平気な顔で笑っていた。入院して三週間にもなるのだが、治る見込みがあるのかないのか、と娘さんは笑う。お前とくらべて元気に見えながら、より深刻なのだろうかと、私は疑う。お前には花城さんほどの感情や意識の起伏、落差はないものの、時間がたてば同じようになるのでは、と不安を覚えることもある。

病室の入り口を挟んでいるベッドの二人は、やはり老婆だが、一人は眠ってばかりいるし、もう一人は薬を飲むたびに叫んで、看護師や付き添いの家族に困惑の表情を呼ぶ。が、そのうち、叫ぶほうが部屋を移っていき、それが進歩したのか退歩したのか、私にひそかな興味を抱かせた。

お前の場合、ひょっとしてこれ以上のこともなく秋が深まり冬をこせば、平常に戻れるのではないかと、希望的観測を持てる、というより持ちたがるのは、お前の妹たちが三人でそろって来たり、長男嫁の両親や私の甥たちが入れ替わり立ち替わり見舞いに現われるときだが、はたしてこのまま……と、逆に不安を覚えたのは、衣替えの戸惑いを覚えたときだ。

沖縄とて秋も冬もそれなりにあり、九月下旬になれば、衣替えという言葉を思い浮かべないではいられない。秋に着られるシャツの蔵いどころを訊いてみた。お前は、力のない視線を私へ注ぎ、洋服簞笥になければ為雄の部屋に、と頼りないことを言う。長男の為雄が二十年前に結婚して別居し子供部屋を明け渡したのが、いつしか物置になっている。去年の冬が去ったとき多分そこに蔵いこんだ衣類の置き場は、お前にしか分からない。

それを教える言葉を、いまお前は見失ったようだ。健康な者にも、そのような探し物の在処の説明は難しいことで、ましてや今のお前が、日頃その部屋に縁遠い私へ教えるのは容易でないはずだ。悦雄が探してみたが果たさず、申し訳ないという顔になった。私はお前に訊くのを諦めて、しばらく薄着で我慢することにした。薄ら寒さをおぼえる瞬間には、そのつどお前のことが気になる。記憶力はよかったのだけどねえ、とかすかに羞じらいの笑顔を見せるのは、リハビリ病院へ移ったあとのことで、秋口にはまだ衣替えは宿題のままであった。

そうだと思いついて洋服簞笥をあさり、一着の派手なシャツをみつけた。五十年ほども前の夏にハワイへ出張したとき、ハワイに住む従兄がくれたものだ。ハワイ島の高地に住んでいて、その土地ではアロハシャツも厚手になっていると、そのとき知った。沖縄では、その後にかりゆしウェアというものが流行るようになり、同じくらいカラフルなアロハシャツも援用することができそうであったが、このシャツは例外で、沖縄の夏には厚すぎる。お前は私の旅行鞄を片付けながらこのシャツを見つけ、眼の前にひろげて見ながら、所によっていろいろだねえと、適当な感想をのべて、暗に折角だけどここでは着られないと、ほのめかした。五十年ぶりに思いだし、いまなら、ちょうど合着になるのではないかと、病院へ着て行った。

ただ、着てみると、季節はずれのかりゆしウェアに見える。

「まあ、ハワイの」

お前は言葉みじかに五十年前の記憶を取り戻す顔になり、私を嬉しがらせたが、すぐに情なさそうな声で、

「自分のものは探せないの？」

お前自身の責任がどの程度にかかっているのかいないのか自覚のない表情で、それが私にあらたな落胆をよんだ。この病気では古いことはよく記憶しているが、新しい記憶が難しいのだ、という話を思いだした。年をとれば、健康な者にも自然に訪れる現象で、日常的に誰もが笑い話にしていることだが、いまは事情が違

う。

お前には内緒で、お前の妹の登美子さんに来てもらうことにした。近くの町内に住む登美子さんは、家事の合間を縫って、しばしば惣菜などを届けてくれる。日頃は悦雄が食事と洗濯、掃除と、お前の代理をすべて引き受けてくれるのは有難いが、やはり登美子さんのこの親切に甘えたい。

衣替えの手伝いとは思いがけないことで、と二人で笑った。

「武信君が死んだときは、突然のことで、いろいろの物を探すのに困ったのではないか」

男の場合は、衣類などの細かいものはないが、仕事や財産の書類などがあり、責任は大きい。

登美子さんが夫の武信君をうしなって、三十年になる。もうじき三十三回忌だと聞いたのが、最近である。

折にふれて思いだすのは、その急死に出遭ったときのことだ。血圧が高いとはかねて聞いていたが、いざとなると思いがけないことであったのは、当然だろう。もともと小太りの体格で、いまさらながらさもありなんというところだが、いざ倒れてみると、それを省みる余裕がない。災難はかさなった。あいにく秋の彼岸の連休にあたって、那覇市内の大病院では医師も看護師も旅行、出張が多かった。二十キロ離れた具志川（ぐしかわ）市の中部病院で救急を受けつけると聞かされ、救急車で運んだ。私は付き添いで乗り込み、まったく意識を失って横たわっている武信君の顔を見つめ、救急車がサイレンを鳴らすごとに、眼をあげてフロントガラスの向こうに視線を走らせた。そのつど前を行く車がさっと道を譲るのへ、あらためて手をあわせたくなった。知らない人たちに深く感謝したことの最高の体験であったといってよい。こうして折角運んだものの手術が間にあわず、そのまま見送るほかはなかったが、救急車のなかで時間の経過とたたかうだけの武信君の沈黙した顔を見ながら思ったのは、もともと血圧が高いことを知っていながら、結婚を諦めなかった恋人同士の愛というものの、不思議なことであった。それが、結婚したあとは息子と娘を産み、結婚をさせたら、息子に二人の孫も生まれたのである。その二人の子の媒酌人を私たちがつとめたことなどを、お前の病気の機会に思いだすことになった。

「武信は、自分の危機はいつでもあることをよく自覚して、日頃の整頓はよかったんですよ」

　登美子さんが、合着さがしに大型の透明なプラスティック収納具の中身をあら

ためながら、それをさらりと言って、

「にいさん、原稿の間に合わせがなかったですか?」

いきなり訊く。妻の突然の病気に仕事の時間をとられて、〆切りにあわてたに違いない、と登美子さんが思うのは、世間なみのことではあろう。

公務員の勤めをしながら小説を書くという生活をはじめたのが、六十年前で、定年退職をしたあとも続けてきた。近年は年の加減で原稿とは縁遠くなっているが、その細かい事情を登美子さんは知らない。

「なあに、それほどでも……」

と、曖昧に答えながら、ドアの脇に置かれたニスの剝げかかった整理簞笥の引き出しを開けていた。そう高価でもない宝石やネックレスなどがはいった箱をあらためて、もうこういうもので身体をかざることもあるまいかと思い及び、あらためて不憫な思いがわいた。

そのすぐ横に、宛名書きのない茶色の封筒があるので、何の気もなくその中身をひきだした。便箋二枚の手紙である。書体はたしかに若いころの私のそれで、短い文章は読みかけると同時にその内容が分かった。それでも最後まで走り読みをすると、思わず登美子さんを見た。登美子さんはむろん気づかず、プラスティック容器の蓋を閉じるところなので、なんとなく手紙の中身を見せようかと思いついたのは、老年の悪戯ごころであったかと思うが、お前が怒るだろうと思いなおし、そっと封筒に戻して引き出しに蔵った。お前に知られないにしても、いまそれを登美子さんに見せることは、お前を病人と見くびることになるのだと、自制したのでもあった。

「前略。見合いをすることになりましたが、その前に簡単に自己紹介をしておいたほうが、話の運びがよいと思いますので」と突然の手紙の趣旨が書いてあり、それから、勤めでどういう仕事をしているか、という説明を簡単にしてある。それだけのものだが、五十年前に送られた手紙を、整理箪笥に蔵いこんであるのはさすがだと思った。このさすがの意味は、あれこれ説明できはするものの、長くなりそうな反面に意をつくせるとは限らない。夫婦というものだろう。

登美子さんを一瞬だけ見て、思いつきをひっこめたのには、さらに理由がある。お前がいつか言ったことがある。「手紙を読んで、こんなにも頭の整理されている人よ、と思って……」それが見合いをする前から結論をきめた理由であったと言った。結婚後四か月目と、さらに六年以上も後にと、二度も私が胆嚢炎の大病をわずらい、お前の懸命の看護を得て快癒したとき、その安堵を語りながらであったか。私なりに律義なつもりの計算は正しかったと、ひそかに思ったが、そのことはいまだに打ち明けてない。見合いの前に手紙を書いた動機を思いだす。――物書きとして、どれほどの者になるか見当もつかないが、すくなくとも風采よりは文章に自信があった。平凡な用件を書いてあっても、それだけで人物は分かるはずであり、それで分かってもらえなければ、おたがいに通じ合わないことになり、見合いの話は消えたと考えてよいはずだ……。

病気のあと、日常にも栄養の工夫と節制につきあってきたお前の口癖は、「あなたの養生につきあって脂肪分を節約したので、皮膚が荒れたさあ」であった。そのお前のいまの危機を、私はどう受け止めればよいのか。

「武信の残した合着を、とりあえず着ておきます？」

と、登美子さんが合着探しに疲れたあと、笑いをふくんで言ったとき、彼女が武信君の遺品をまだ残していることが、意志でそうしたのか、たまたま残ってしまったのかは知らないが、いまはそれが私を助け、ひいてはお前の療養を助けるものと、信じられた。

「変な形見分けですね」

登美子さんは言って笑う。その思いやりの表情が、登美子さんの武信君との短かった幸せを、思いだして語るもののようでもあり、またかつてお前が登美子さんをふくめて三人の妹たちへ姉として示した思いやりを鏡に映したようでもあった。それを思うと、いまさらこの古く懐かしい手紙を登美子さんへ見せれば、その情報がなんらかの脳波でお前の脳まで飛んでいって、いかにもいま脳を病んでいるお前を嗤っているものと、誤解されかねない、と恐れた。

登美子さんをそのままに働かせながら、私は玄関を出て、郵便受けから本土新聞と郵便をとりだしてきた。本土新聞が着く頃で、ついでに郵便を取りだす慣わしだ。

一通の丁寧な封書がまじっていた。白い封筒に『詩誌　MABUI』と印刷があっていつも送ってもらっている雑誌には違いないが、このさい雑誌の封書ではない。では何の連絡かと疑って見当がつかない。まさか、思いがけないカンパ要請でもあろうかと思いながら、封を切った。

「同人・真謝志津夫さんがとつぜん他界して八か月になります。その思い出の文集を『詩誌　MABUI』特集号として出したいので、原稿をお願いします」

編集代表神地祐の事務堪能な文章である。

そうか、八か月にもなるか——心臓発作による突然死に驚き、ただ私は歩行困難で告別式にも悔やみにも行けないので、弔電ですませたことを、咄嗟に思いだした。真謝志津夫——厚い胸板とふてぶてしい口髭に、眼だけが笑っていた。いつの間に古典の勉強をしたものか、琉球古謡のおもろ語を駆使して現代詩を一冊分も書いたことを、あらためて思いおこし、同人でその死を悼むことは美しいことであろう、と思った。

しかしいま、その思い出と同時に、あらたな秘密の思いが生じることを、私は捨てきれない。真謝志津夫への追悼文を書く余裕が、いまの私にあるはずがない。あってはなるまいと、かたく自身に言い聞かせた。世間なみにいえば理不尽と言われかねない拘りだが、いまの私はかたくなに拘りたい。お前はいまごろ何も知らずに病床に横たわっているはずだ。そして、お前のかわりに登美子さんが私の合着の面倒を見るために働いている、その場に真謝志津夫への思いが割り込んでくることも、恕せない気がした。

私はためらわず、神地祐への返信葉書に書いた。

「妻が重病で、手が放せません。いま、原稿どころではないのです……」

だからあしからずと断る筆に偽りはないつもりであった。病名を故意に書かないのも、相手を騒がせたくないというより、お前との秘密だと思った。神地は私の家で、二、三の文学青年にまじって酒を飲んだことがあり、お前とも面識があるので、お前は病気のことを知られたくないはずだ。だから、さりげなく真謝への追悼文を書いたほうが、世間体はよいのだろうが、そういう世間体を嫌うものが、いまの私にはある。真謝という遠景をお前に近づけて、お前への思いを薄めることを、いまの私は拒否したい。

〈なにが真謝志津夫か……〉

登美子さんに帰ってもらい、病院へ行った。行きがてら葉書を郵便ポストに放りこんだ。

日をあらためて、登美子さんのこころづくしで武信君譲りの合着を着て私は病院へ行き、

「変な形見分けねと、登美子さんが言った」

と、おどけて見せた。お前はそれにには構わず、

「あなたより私のほうがこうなるとはねえ」

武信君の急死を思いだしたようだ。脳溢血（のういっけつ）と脳梗塞とをつなげて考えたらしい。

この言葉をその後今日まで、たびたび口にすることになった。

「あなたが強くなったら、反対に私が弱くなったとはねえ」

言われてみれば、たしかに私の長命は世間で珍しがられているようだ。それはもっぱらお前に負うている、という自覚が私にはあり、その感謝の思いのはたで、いま二人の息子に支えられて、かろうじて生きていると省みた。

やはりあの葉書は正解だった、と思った。

そっと窓の外を見た。

季節にふさわしい速度で暮れてゆくなかで、モノレールがいつものように音もなく十分間おきに行き来している。それを見ながら、その向こう側の町内に真謝志津夫が住んでいる——いや、住んでいたことに思いあたり、突飛な想像だが、この病室に移されてきたことが、このことに思いあたらせるための神の策謀であったか、そして自分がそのことに気づかなかったのは、恕されることであろうか、と思い及んだ。真謝志津夫をその自宅に訪ねたことはなく、年賀状などで地番を知っただけである。ひょっとして、あの深い森の麓であろうか。たしかめたことはないが、それはいかにもふさわしいものに思えた。レールで隔てられてこうして対峙することになったのは、偶然であるかもしれないが、意味があるようにも思われる。

知らぬ顔であらわれる人影のように、目の前に浮かぶ幻があった。真謝志津夫が小説に書いたヨットの幻である。

　四十年来、地元新聞社の主催する文学賞の選考委員をつとめてきたが、読むたびに気になったものの一つが、真謝志津夫の一連の船舶小説であった。

　候補作として真謝志津夫の原稿がもたらされるたびに、私のなかに緊張と願いの錯綜するものが見え隠れした。作中の船はときにヨットであり、ときに離島通いの貨客船であり、また廃船寸前の貨物船であった。一度だけ、歴史小説を書いてきた。王国時代に国使を乗せて唐旅をした進貢船が題材であった。それらの主人公はいつでも船の乗組員であった。彼はときにハイカラなヨットの屈強な持ち主であり、ときにおんぼろ船の冴えない船長であり、また頭はよいが同僚船員のいじめから逃れ得ない、貨物船の船員であった。歴史小説では下積みの舵とり水夫の話であった。いずれの場合も人物像はどうでもよい感じで投げやりなご挨拶のように書かれており、ただ共通して言えるのは、船のメカに詳しいことだ。状況は遭難の場面が多く、ただメカの説明が詳しすぎて、ときにそればかりを書いているように見えた。歴史小説も近世期に材を採っただけの、船のメカの話であった。船の運命と人物の性格との関係がよく見えない憾みを、つねに根太のように痛々しく見せていた。

あるとき選考委員のひとりが、「可愛いよなあ」と、腕を組んで深く頷いた。十年ほども中央文壇から選考に通ってきている作家は、もちろん真謝に会ったことがないが、作品はいくつか見ているので、親愛はあるのだ。他人事ながらの口惜しさも私と共有している。その表情こそが私には可愛く、作者に伝えておきますと、つい余計な口を利きそうになったものだ。

「しかし、羨ましいですよねえ」と、これも東京から来ている女流の選考委員が満面に笑みを湛えて言ったときは、これを作者が聞いたら、さぞ満足し、では、それだけで受賞の価値はあるのではないか、と冗談半分に詰め寄られると困るなと、私は思ったりした。しかし、そんな真謝志津夫ではないとも、私は知っていた。

ある出版祝賀会で、真謝を相手にその小説の話になり、私はビールのグラスを胸元にかまえて言った。

「歯がゆいのだよなあ」

専門馬鹿になるなよ、という言葉も思い浮かんだけれども、呑みこんだ。

「僕は早く読みたいんだがなあ」

と、真面目人間の神地祐が傍で、これは泡盛グラスを片手に相槌を打って、おなじく泡盛の真謝を照れさせた。受賞にいたらない作品を友人に読ませるのも潔くない、という意向を他日に傍から聞いたことがある。

「読者が読んだら、たしかに歯がゆいだろうとは思うのです……」

謙虚でいながら言い訳もしたい、という表情が見え、「でも、僕にはまだ船のメカの強さと可愛らしさから逃げる気がしないのです」

いかにもその逃げが、なにか自分の人生観をごまかすようで忍びない、と言っているように聞こえた。私は、歯がゆいのだよと言った自分の言葉を、かすかに悔いた。

祝賀会ではそれ以上に話は延びなかった。その後に神地祐と会う機会は何度かあって、神地はその話題を出したがったが、私は律義に乗るのを避けた。

そのうち、ある船舶関係の人と会う機会があったが、その紳士が真謝を生真面目に褒めた。あの人は――という言い方をされるほど、真謝がその世界で有名なことを、私は知った。そのうちヨット遊覧の会社だか財団法人だかを作る、という話を聞いた。それほどのものとは知らなかったので、「それくらいあったら……」と冗談で私は思った。「小説など書かなくてもよいな」

思いがけなく、彼から招待の電話を受けたのは、ヨットの帆走に招待したい、ということであった。小説など書かなくても、という思いは吹き飛んで、ヨットと小説との双方に甘えている真謝に甘えたいと、人並みの好奇心が動いた。

絶好な春風の吹く日に私は、言われたとおりに、宜野湾のビーチに行った。彼は、律義に待っていたという顔で私をひとりだけヨットに乗せて走った。救命胴衣を私にも着装させながら、これで実感が湧くでしょうと笑った。昔の帆船のように麻布の帆を孕ませてマストが白雲の空を突いているのを見ると、なるほどこれを誇りに書いている気も分からないではない、と思った。べた凪、濃紺の海へ出た。沖をめざし十分に出たあとで、舵を切り、北へ向かって走ると、右手に本島の高地から麓へ、一面に基地的で雑駁な街の風景が、見慣れているせいか結構バランスよく落ち着いて見られ、それがこのヨットの生みだす澪が白く膨らんで躍るかたちともよく照らし合っているのを、深く納得した。

「あ、あれ……」

真謝が沖を指したのは、鰹が群れて飛ぶ弧であった。十数尾か二十数尾か、数える間もなくまた海に消えたが、水平線を弓弦に見立ててみると、海の若武者が引く弓の形をなして、飛ぶのであった。ここで当然のように思いが走ったのは、真謝が古謡おもろの語彙と文体でみごとに一冊の詩集を編んで見せた、その教養である。その志向の基礎は、ここにあったのか。あるときはヨットを走らせながら、朝日のおおらかな紅を拝み、あるときは天気を見誤り、沖へ出てから天候がくずれかけて急遽港へ取って返す。また、かなり沖へ出てから、中世の唐への船旅を思いやる、などという自由、壮大なモチーフが、しばしば彼を躍らせ、それが本来海洋文学の趣のある古典おもろの世界を、無理やり現代の想像の世界に手繰り寄せることになったのではないか。真謝志津夫の文学のなかでは、海洋の大自然と船のメカへの愛がうまく溶けあったものか、と思いあたった。

このこころよさを小説にも書いて見せてくれないかな、と思いつき、メカ狂の話は伏せてそれを言うと、さりげない答えが返ってきた。

「西表の海を走って、それを思ったことはありますね」

そういえば、真謝は八重山の出身だと、私もさりげなく納得する体で応じた。

私も西表の神秘を抱いたような緑の風景を思いだし、

「西表といえば不思議なことがあるらしく……」

祖納という部落は西表の西の端にあるが、そこに、他処では見られない神話的な面白い漁法がある、と私は聞いた話をした。

魚の名をグザと言うそうだがね、と私は帆のはためきに調子をあわせるように、声を張りあげて話しはじめた。

グザは重さが七、八十キロほどもあるが、これを捕るには呪(まじな)いが要る。三艘(そう)のサバニに漁師は十一人。それを束ねるのがソーチとよばれる一人の漁師で、その務めはサバニの舟底に無為に横たわるだけである。眠るように見えて眠ってはならない。また、如何(いか)なることがあろうとも、身動きをしてはならない……。

真謝は聴いているのかいないのか分からない眼で、目指すハンビーあたりを見る眼をしているが、

「帰りましょう……」

いきなり投げ捨てるように言って、「聞こえますか?」

私にはよく聞こえないが、エンジンの調子がおかしい、他人に任せたのがよくなかった、と言った。

これだ、これなのだと、私は思いあたった。彼の小説が船の話に拘りながら、その拘りも、素人に分かりづらいエンジンなどのメカや塗装や舵の話や、それらが嵐に出会った場合の運命に集中している理由が分かる気がした。「だって、読者に新鮮な世界を味わってもらいたいじゃないですか」と言われたことはないが、言われても不思議ではない。

そこを想像させる新鮮なものを覚えながら、不発のセーリングを私は降りた。すみませんねと、真謝は別れぎわに言ったが、いや、面白い体験をさせてもらった、と言ったのは十分な実感によるものであった。

その記憶が、いま電車に乗って、坂を登ってくるように思った。ヨットに今でも居残っているはずの真謝の霊がその電車に乗ってきて、眼の前の駅で降りるとしても不思議ではない。その霊はひょっとして、この私とレールを挟んでの縁を予感していたのではないか。私はあのセーリングのときに、まったくの素人らしく、エンジンの不調に不平もなく嗤いもしなかった。そして淡々と別れた。これらの記憶が、モノレールに運ばれてきたように、思いなされた。

お前は、花城さんの退院に一週間おくれて病院を移り、リハビリの日常生活を二か月半つづけ、その間に、季節は合着から冬物へ移ったが、これは悦雄が別の大きな風呂敷包みのなかから、うまく見つけてくれた。そして、リハビリだけをつづけるうち、なんとなくお前が快癒へ向かいつつあるように覚えたのは、ただの願望のようなものであったかもしれないが、ひとつには息子たちとお前の妹たちに支えられて生み出された希望のようなものでもあっただろうか。

退院間際に新聞社の事業部の職員と病院の廊下で出会った。たまたま長男の為雄と同伴であったが、奇しくも二人が知り合いであったことも手伝って、立ち話をしているうちに思いだしたことがある。真謝志津夫の最後の小説のことだ。これでついに受賞に至ったが、そのときにその職員が、よかったですねと、殊のほかの喜びを私に伝えたのだ。かつて聞いたことに、彼もヨットの趣味をもっていて、真謝と格別の付き合いがあったらしく、応募、落選のつど私へ無念のことを正直にもらしていたのである。そのあげくに受賞のよろこびを真謝と共有したのは、一入のことであったろう。

その受賞作「ジュゴンの海」のことを、私はどうして忘れていたのか。

ジュゴンとは魚でなく哺乳類で、琉球列島を北限とする南海を遊泳しながら、その姿を人に見せることがめったにない。そのせいか、人魚という伝説的なイメージをも生んだわけだが、島によっては、それを年中行事の祭のテーマに繋げている。

琉球列島の中でも、その生息地は多くはないが、その一つが西表だということを私は知っている。この創作「ジュゴンの海」の舞台が西表であるのを見ると、この作品はじつに私がかつて西表・祖納の神話的なグザ捕りの話を、ヨットの上で語ったのを、聞いているのか聞いていないのか分からない顔をしながら、結構聞いて頭に叩き込み、それを題材に書いたものに違いなかった。

応募作「ジュゴンの海」の導入部分で、主人公の娘が妊娠した胎をかかえて、祖父母の住む西表に来たという筋書きを読み、はやくも私が予感したのは、その出産とジュゴンの生態が、島の祭と絡んで運ぶに違いない、ということであった。ただ私は、あのエンジン不調をも思いだし、あれは主人公の妊娠の挫折を暗示したのではないか、と予感した。が、読むとそうはならず、むしろ祭の高まりを堂々と描き出した。その先にジュゴンの豊かさと彼女自身の出産とが、めでたく重なりあった。妊娠の挫折まで触れていないことに、一応の不満を私はもった。が、それは自分の余計な思いすごしにすぎまいと反省した。むしろ、大らかな生産予祝の物語だというべきだろう。堂々たる土俗のテーマと一応の過不足ない描写をもって、受賞作に推した。

私はレールの南側の看病生活のなかですっかり忘れ、そのうちに思いがけなく神地祐から真謝志津夫についての思い出の原稿を求められると、それを断る口実のように、人知れず船舶メカの専門馬鹿にこだわっていた。市立病院でお前の病気の将来を憂えていると、エンジン不調の思い出も湧いたが、それにお前の縁起を汚されてなるものかと反発した。

お前の病気のことを神地は当然知らないはずで、原稿注文がむしろ私への敬意のあらわれであるはずなのにもかかわらず、不当にもそれを素直に受けとる余裕をもたず、船舶メカの小説に無理やり顰蹙(ひんしゅく)し、また表に現われたがっているジュゴンの幻に嫉妬していたのだろうかと、いま思う。なのに、逆にリハビリ病院の廊下でジュゴンの幻の思い出に出逢(であ)ったということは、奇しくもお前の幸先を占うことになろうかと、思いついた。

リハビリ病院に三か月いて、これ以上は自宅療養が適当だということになり、そのことがお前を一応は慰め、私をも落ち着かせた。いまなら真謝志津夫の思い出を書いてもよいか、と思った。そこで、わずかに浮き立つ思いで神地祐へ電話しかけた。が、思いなおして受話器をおいた。原稿依頼を受けてからの時間の長さを思えば、ほとんど印刷は仕上がっている頃だろうし、いまさら未練をみせるより、海の裏と表の両方の風景を正直に思いつめることが、真謝志津夫の霊を慰めるのに、そしてお前の病気の幸先を願うのにもよいのではないか、と思いなおした。

リハビリ病院の主治医が退院日にきめたのは、お正月に近い日曜日であった。長男の為雄が退院を手伝うことになったのは幸いで、彼の車を使うことになった。お前はさすがに嬉しそうで、派手にはしゃぎはしないものの、こころなしか頬に赤みさえあらわれている。後部座席にお前と私がすわり、助手席に次男の悦雄がすわった。海に近い病院から国道への長いアプローチに出ると、お前はすこし懐かしげな表情でふりむいた。

「武信さんが救急で入ったのは、中部病院でなくここだよね」

お前のいまの頭のなかで、武信君の急死の思い出が、登美子さんへの今度の感謝と無理なく繋がっているのだろうと、ありがたく思った。ただ、

「その頃は、この病院はな……かったと思うよ」

この病院が建ったのは、ほんの十年ほど前だ。この錯誤も苛立たしいもので、私はつい「ないよ」と言葉を荒らげそうになったが、それこそ退院祝いのつもりで、言葉を和らげていた。こういう心遣いが、この先何か月あるいは何年つづくものか。

お前はそれには答えず、しばらく経って、

「あなた、原稿は？」

国道から環状二号線に入っていた。私は、久しぶりに原稿の話が出たのがうれしく、

「いちばん新しい注文を断ったよ、神地祐たちの雑誌だったがね」

真謝志津夫の名を出しても通じまいと思って、それは伏せた。あらためて、あれを断ったのは正解であったか、と思った。

「神地さんは元気ね？」

「元気だよ」

「昨夜、詩の朗読会があってね……」

為雄がハンドルを捌きながら、割り込んできた。お前を元気づけるための私の話に、さらに景気をつけるためだと、私は察した。為雄は小さな劇場の支配人をしていて、土曜日の夜には仕事があるのだ。「おもろそうしとか、昔の詩を読み上げていたよ」

「古典か、現代詩か」

私が問うたのは、真謝志津夫がおもろ語で現代詩を書いたことを思いだしたのである。神地が真謝の追悼をかねて、その作品を朗読したに違いない。

それは知らないと為雄が答えると、

「おもろに現代詩もあるのか」

悦雄が口をはさんだのも、この場での盛り上げにつきあうサービスのつもりが

あろうと、私には分かる。たぶんお前にもその疑問はあろうが、いまの頭脳では無理かと思っていると、

「神地さんが、うちで酔っ払って踊りだしたときは面白かったねえ。いまでもあんなに酔っ払うかねえ？」

これは、為雄にも悦雄にも分からない話だ。神地がわが家で酔っ払ったのは、二人の息子が大学生で家を出払っている頃であったから、彼らは知らないはずだ。それでも詩の朗読の話で、妙に因縁がついたようだが、そのことにお前は気がついたか、と思っていると、

「神地さんは元気ね？」

また訊く。

私は一瞬、神地の名にからめて、やはり真謝の名を出そうかと思った。

環状二号線は登り坂にかかる。右手に市立病院があり、左手に末吉の森がある。森の頂上に近く末吉宮があり、その屋根と壁の朱が森の緑と空の碧とをつないでひきしめるように輝いている。神地祐の名が出たら、そのあたりに真謝志津夫の霊が姿を現わし、自分の名を出すことを求めるような気が、私はする。レールをはさんで真謝の霊とお前の霊が、私の思いを介して慰めあい、それがお前の快癒

を願うものになるかもしれない、と期待した。が、いまお前の脳の負担を思えば真謝の名を出すのは控えよう、と考えなおし、その代わりのように嬉しい言葉を紡ぎだして、

「神地君は元気だよ。昨日、為雄と会ったらしいよ」

「ほんとう？」

これが久しぶりにまともな問答になったと、私は嬉しかった。

# 病棟の窓

この窓から眺める風景には既視感がある。

手術病棟から十階のリハビリ病棟へ移されての思いである。病院は西の海に近い丘の上に建っているから、東の窓に開けた那覇の街は壮大なものだ。真っ直ぐ向こうの、地平線というべき小高い丘の上に私の家が、ほんの小さく見える。見舞いに来た妻にそのことを言うと、あらほんとと好い反応を見せた。私は嬉しかった。妻は一昨年に脳梗塞でこの病棟にいた。そのときの病室は海の側であったので、街の鳥瞰図は彼女には珍しいのである。

「しかし……」

と言おうとして私は言葉をのんだ。いま言おうとしていることを、脳梗塞の後遺症のある妻の頭で理解できるはずはない。

君は、と妻に付き添ってきた長男の為雄に訊こうとして、これも諦めた。彼が生まれる前の年のことで、しかも私の独り合点の感慨であったからだ。
当時は那覇のデパートといっても、せいぜい五階建てであったが、その最上階の窓から見下ろした国際通りを思いだしたのである。車の行き交いの風景のことだ。それを小説に書いたことがある。真下の舗道で——と、その光景を描いた。自転車が乗用車にはねられた。群集があつまり、パトロールカーが来た。それからの光景が、音になってここまでは届かないから、下の車や人の動きが機械的に映像で見えるだけである。人が車に轢き殺されるという大変な事件が、まるで空気のように抵抗を感じさせない。これではいけないな……。若い医者である主人公の感慨をそのように描いた。

ただ、この病院の十階から見下ろすと、すこし印象は違う。倉庫や住宅がみっしりと詰まっていて、車の姿が見えないのだ。とはいえ、それならそれで、これも都会の真昼の風景としては不気味なものだ。この病棟にいる人たちがそれを感じとっているだろうかと、入院中の勝手な感慨を毎日のようにもっているので、それを息子に訴えようとしたのだが、感覚が通じまいと諦めた。

そこへ、ある日客が来た。

テレビ放送局の重役をしている——というより、私の役所時代の同僚で故人になった福地君の息子さんである。

「誰に聞いた?」

私は世間なみに私の入院のことを聞いての見舞いだと思って訊くと、

「母が隣に入っています」

「なに……?」

驚かないわけにいかない。

息子さんが帰ったあとで見舞いを兼ねて訪ねてみると、奥さんが車椅子にすわったまま、笑って挨拶を返された。

タクシーに乗っていると、電柱にぶつかり、胸を打ち……ということらしい。コルセットを着けている。

私の事情はといえば、その朝、所用ででかけたと思うと、家を出て百メートルほどのところで知り合いに出会い、会釈をしたのは普通のことだが、すれ違って数秒ののちに、なんとなくその人の後ろ姿を見ようと、右を振り向いたとたんに、左後ろへどうと倒れたのである。舗装された露地なので、石ころなどはなく、頭を打つことがなかったのは、幸いであった。しかし、無造作に起き上がろうとして、起き上がれない。ちいさな露地で助けを呼ぼうにも、人影がない。知り合いは気づかず、遠くへ行ってしまったようだ。さいわい携帯電話を、肩にかけた小さな鞄(かばん)に入れてあるので、それで家にいる次男の悦雄を呼んだ。悦雄はすぐに来て、私の脇に手を入れて抱き起こそうとしたが、私が起(た)てない。

「救急車だ」と悦雄が即座に判断し、間もなくこの病院の救急センターに運ばれて、レントゲン撮影の上で左大腿骨(ひだりだいたいこつ)骨折と診断され、そのまま手術の運びになった。

知らぬうちに何時間か経(た)って、麻酔から醒(さ)めると、主治医から「手術は成功しました」と告げられ、その二日後にはリハビリ病棟へ移されたのである。

あとで気づいたのだが、本当に脚が動かなくなり、バランス感覚をまったく失っているのであった。手術後には自然のことであるらしい。

こうして私の場合は自損の事故だが、この奥さんはまことにお気の毒な、というほかはない。

彼女とはこの日からたびたび、リハビリ室で会うことになった。

九階までが内科、外科その他の外来、入院の病棟で、そこで完治にいたらない者のために、十階のリハビリテイション病棟がある。南北に細長い病棟の南端にあるリハビリ室には広めのベッドが十床と平行棒があって、それぞれで患者と理学療法士が向き合っている。患者は、さまざまなリハビリのメニューでほぐされるのである。一見、外科の患者か内科の患者かは区別がつかない。手や脚を揉(も)んでいるのは明らかに外科だろうと見当がつくが、胴の部分はどっちとも取れる。療法士には男性も女性もいて、遠慮なくからだ全体をわが物のように解きほぐしている。

私は脚をうんと揉まれるのだが、心地よいこともあり、痛いこともある。そのすべてを委ねるのである。なにしろ、療法士の指の力がすごい。それに敬意を抱けば、すべてを委ねることに抵抗はない。療法士は特定の一人がかかりつけではないが、幾人かの人が廻(まわ)りもちになるようだ。それにしても、見ていると、マッサージのほかに患者の手や脚のさまざまな動きを熟知して、その機能の合理性を正そうとしているのが分かる。手や脚をじかに解きほぐすだけでなく、いろいろさまざまな小道具を使っての訓練がおもしろい。ビニールの風船や毬(まり)、ゴム紐(ひも)にビー玉、ときには新聞紙を足の指の訓練に使うことがある。

いくらか歩けるようになると、廊下で歩行訓練があるが、足の運びについての指導が、療法士ごとに個性があって、おもしろい。それぞれに私は律義に応えることにした。

さまざまなリハビリのメニューでほぐされる。なかに、世間話リハビリがある。解きほぐしながら、さまざまな世間話をしているので、かなり騒々しい。これも心理のリハビリだと聞いた。私へは物書きとして質問をかけてくる人がいるので、これに自慢話にならないように答えるのも、かなり要領の要ることであった。マンガしか読みませんと言いながら、仕事は結構ちゃんとしていて、当方の壺どころを間違いなく押さえている療法士には、特殊な敬意を覚え、私の自己満足を刺激する。

リハビリコースのなかに、細長いロの字に構成されている廊下を、車椅子の次に歩行器、それから杖で歩く訓練がある。それで歩いていると、ある日ふっくらとした顔の小柄な初老の女性に出逢った。

なんとなく見つめるうち、私のなかで突然名前の言葉がはじけた。

「石嶺さん?」

たしかそうだと思う間もなく、

「……先生!」

とつぜん私の胸に自分の胸をぶつけて、肩に顎をのせ、「石嶺洋子です。いまは屋宜です」

この声だ。そうだ、確かに石嶺洋子だと、私の五十年前の記憶が確かに反応したが、

「あなたは……？」

どうして？　なんの病気？　と問う間もなく、

「脳梗塞です」

一瞬私が絶句したのは、私とおなじく九十歳に近い妻と同じ病気だということが信じられなかったからだ。あの可愛（かわい）らしかった娘も、もうそういう歳（とし）なのだ！

「あなたは……」いまの皺（しわ）を帯びた歳を尋ねるかわりに、「あのころ、二十歳（はたち）くらい……？」

「はい。高校を卒業してすぐ役所に採用になり、広報課に配属されて。先生はしげしげと福地課長のところに見えたじゃありませんか」

そうだ、私も若かった。

「嬉しいわ、先生……」

すがりついてくるしぐさ、表情が、あの頃——五十年前と変わらない。

彼女はなおも私の胸やら頬やらに、遠慮なく顔を押しつけてきた。

向こうに、と私は言いかけてやめた。福地さんの奥さんが入院している、と教

えようかと思ったのだが、遠慮した。この二人は福地君と役所を通じることなしに通じ合う仲ではあるまい。福地君が亡くなった今では、はるかに遠い仲だ。福地君が生前にあの娘のことを、奥さんに話してあったかどうか分からない以上……。

とりあえず別れ、おたがいに杖を曳きつつ去った。

幾日かたって、教わった部屋番号に彼女を訪ねた。さしたる用もない話なので、彼女はすぐに私をさしおいて携帯電話で誰かを呼び出し、何かを言いつけて、私に向かって、嫁です、と言った。あの洋子ちゃんが姑か、と私は思った。

また幾日かたって、私は談話室を通りかかった。

談話室はリハビリ室と正反対の北端にあり、幾つかのテーブルと椅子が置かれて、暇な者が適当に休み、語る場になっている。テーブルも椅子も重くて動かしにくくできているのは、病人の多い場所だから、事故が起きないようにとの配慮か。窓が広く、海と新港の風景が開けて見え、大きな貨物船が浮かんでいる。その手前の埠頭に、トラックたちが仕事を待っている風情だ。

ふと、半白の八十がらみの男と、私の眼が合った。

「君は……？」

と私が中途半端に言ったのは、彼は永年つきあっている沖縄芝居の役者だが、やはり患者かという疑いと、それにしては病衣を着ていないという疑いを、咄嗟に交錯させたからである。

「妻がですね……」

近くの病室を顎で指した。

彼の妻も名の通った沖縄芝居の役者で、私とは数十年来のつきあいである。

「玄関で転んだのです」

と言う。それで脳挫傷だというのだが、玄関でとは上がり框にでも打ったか。だとすれば相当に重症なはずである。

「三か月になりますよ」

とは、そういうことか。

男はいつもの冗舌に似ず、あとは何を言ってよいかという顔になり、

「娘たちが見てくれていますがねえ」

と言った。娘たちはそれぞれに嫁いでいるはずで、交代で思いがけない看護の親孝行をしている、ということであろう。

私は自分のことを顧みた。二人の息子しかいなくて、長男の為雄は別居してい

て夫婦ともに働いているので、手が離せず、次男の悦雄が独身、失業中で家にいるのを幸いに、家事一切のほか私と妻の世話を一手に引き受けてくれている、そして、私の病室に毎日顔を見せてくれている、それだけのことを一気に思いおこしたが、それを言うと自慢話になるし、それにこの場では関係がない、と黙ってしまうほかはない。

いろいろの人がいますねえと、彼も言ったけれども、そのなかでこうして、知り合い同士が挨拶を交わす機会があるということが、どれほど心を安らかにするものか、本人にしか分からない。

他日、私は彼の妻の病室を探しあてて、そっと覗いてみたけれども、眠りこけていながら、何かをさぐる風に右手を空に動かしていた。頭を包帯で包んでいる姿を痛々しい思いで眼に焼きつけただけで、私はそっと出た。

毎日やってくる悦雄にも、このことは話してない。もっとも沖縄芝居など彼には縁のない世界だろうから、それでよいわけだが、いずれもこの病棟内のことだとおもうと、この小宇宙にも斯界と他界とがあるのかと、不思議な気がする。

とはいえ、ロの字を横に伸ばしたような廊下を、歩行器や杖で歩きまわっていると、折々すれ違う患者たちが、私の顔に見覚えがあるというように、じろじろ見ることがある。たぶん、私の写真を新聞などで見て、なんとなく憶えているのだろう。病院の外の他界にいた頃は、まったくの他人でいたのに、斯界に入ってきて、なんとなく近い感じになったということだろうか。

看護師の一人が、とつぜん私の本を持ってきて、患者の一人から頼まれてと言って、サインを求めてきた。名を知らない人なので、為書きを書くわけにはいかないが、日付はむしろありがたがられるかもしれない、と思って書く。この日に、どこの誰かも知らないが繫がったわけで、一冊の本が、その人にも私にも他日、この生活のことを思い出すよすがになるのだろう。

リハビリには、室内でのマッサージや訓練のほか、庭園の歩行訓練がある。この庭園は病院の斯界と他界を繫いでいるように見えて、面白い。すこし端に足を運べば、港が一気に見える。

妻が入院していたころ、見舞いに来て、ついでにこの庭園を散歩したことがある。妻の病室は西側に窓があったので、東シナ海と港がひらけて見え、それを遠景にして立木もこんもりと茂っている庭園は、遊びの庭園と見えた。病院の全体を御殿に見立てて庭園をこしらえたものかと、経営者の理想に感服した。それで、ありがたく遊ばせてもらう気持ちで散歩したものだ。北の隅には赤瓦の屋根をもった四阿も二つあり、まことに庭園として人を休ませる風情を備えている。

そこに連れてこられて、はっと驚いた。これは見舞い客を遊ばせる庭園ではなく、病院のリハビリのための場なのだと気がついた。ロビーの西のドアを排して脱けると、そこは野外ですぐ小径にかかる。いくつかのこんもりとした丘にめぐらした小径は、優雅な舗道ではなく、歩行訓練のための歩道なのだ。四阿にも療法士に促されて入ったことはあるが、丸いコンクリートの椅子に腰をかけたと思ったら、すぐに連れ出され、これもリハビリの設備に過ぎないと分かった。

ここは斯界と他界との境目みたいだ、という感傷は役に立たない。

歩きにくい道路だ。コンクリートを貼ってはあるが、決して舗装道路ではない。妻の見舞いに来たときはなんとなく歩いたその道路が、いまはなんと歩きづらいものか。ちょっとしたとんがりに蹴躓いたらしく、ついふらりとする。それを、付き添っている女性のリハビリ療法士は注意深く支える。

「廊下を歩いたときは、ちゃんと歩けたのですがね」

と、療法士に言い訳のような愚痴のような言葉を投げる。リハビリ室での雑談で知ったことに、彼女は首里の出身で、小学校の校歌を私が作ったという縁があるらしい。

「退院までには、ふらつかないまでになりましょうね」

と言われたとき、かねて廊下を歩いたときに抱いた幻想を、打ち砕かれた。廊下をすいすい歩けるので、この調子ならまもなく退院だな、と思ったものだ。

「お宅の近くの坂道は、これより急ですよね」

と彼女が言うのは、これも私への牽制（けんせい）に見える。

彼女と男性の療法士が連れ立って私の家を検分したのは、ほんの一週間前だ。退院に備えるもので、妻のときにもあった。退院後に寸分の事故もおこさないようにという心遣いで、住宅の内部で改造の必要な箇所を検分するのだ。妻の場合は、玄関の上がり框と、トイレと浴室にわずかな介護設備を備えるだけに止（とど）まったが、私の場合もこれ以上のものは要らないことになった。

問題は近所を見まわったときに発見された。小高い丘の上に建っていて、外出の往来に坂道が多い。

「あの坂道は……」

女性療法士が庭園で付き添いながら、呟（つぶや）くように言う。「ここよりきついですよね」

明らかに私に用心を促す言葉だ。そういえばそうかと、私は脳裏にあの坂道を毎日のように往復して、町内にある郵便局へ通っている、日常を思いうかべる。これからどの程度に復活できるのか、いま試されている、という思いを胸にしまいこんで、私はしずかに歩みを進める。療法士さんが私の肩に手をふれるかふれないかという程度に支えてくれている。

まもなく下り坂になるというあたりの真ん中に猫がいる。褐色と白のまじった斑で、綺麗な猫だ。座ったまま微動だにしない。当方が健康なら、その傍を軽く避けてゆくのだろうが、このさいはまことに気になる障害物である。うっかりすると踏み潰しそうになるのだ。猫はこういう危険地帯にいるのだという用心もなさそうに、じっとしている。

「野良猫でしょうかね」

「そうでしょうね」

野良猫にしては分不相応に美しい猫で、この美しい病院で飼っていたのかと思いたくなる。

野良猫と飼い猫といずれが人間を恐れるかと、あらためて考えながら、おそるおそる傍を通り過ぎると、相変わらず落ち着いている猫を後にして、まもなく左へ急な下り坂である。左側に人工の滝があり、音を立てて流れ落ちている。下の池には鯉が泳いでいる。水にも鯉にも励まされているような、笑われているような思いで、ようやく降りると、そこはさっき脱けてきたロビーの、もう一つ南側のドアである。ひとつの世界を潜り抜けてきたという思いが、かすかな疲れになって、なんとなく腰を下ろしたくなる。建物のなかで思い切って広くとったロビーに、十組ほどの小さなテーブルを囲んだ真紅のレザー張りの椅子があるので、ここで一休みということになり、ほっとする。

療法士さんに急き立てられるようにして、五分間にも満たない休憩のあとに、ロビーを横切ってドアを開けると、すぐエレベーターには行かずに、眼の前にある階段で鍛えられる。階段が難物で、上りは右足から、下りは左足からと指導される。私は日頃、上りも下りも右足という癖があるので、なるほど左の骨折だから、一瞬でも左足を上にするのは危険だと教えられる。私の家は平屋で階段がないから問題はないが、外出することを思えば、おろそかにはできない。

階段を途中まで三回ほど往復したあと、エレベーターへ行こうとして、思いがけない人に出会った。思わず、その車椅子に呼びかけた。

「浜田さん！」

うつろな眼で反応があり、それでも自分の病気のことを気にされているという

表情もなく、

「家内が入院しているので、見舞いに」

すると、夫婦ともに何らかの病気と闘っていらっしゃる途中なのか。奥さんは染織家で、清楚な手作りの衣装で颯爽と歩いていらっしゃった、と思い出す。あの奥さんが病気とは想像ができない、と思いながら別れた。

彼は名の通った画家である。一九九七年に――十八年前にシドニー大学で沖縄文化シンポジウムがあり、主催者の外間守善さんや、名桜大学を創設した東江康治さんらと一緒に、みんな夫婦連れで一日シドニーの街を散策したこともある。私より十歳ほど若い。あの頃は、まことに潑剌としておられた。あの浜田さんかと思う間もなく、車椅子は走り去った。自分で運転なさっていたから、元気であったかと思うが、正直なところどうであろうか。

二、三日おいて、テレビで東江康治さんの逝去を報じていた。私より五歳ほど若いのである。私は告別式に参列できないことを、あらためて思うはたで、その訃報を入院中の病室で得るという因縁を思った。

私の周辺の知識人で、私より四、五年の上から下までの幅でなお元気でいる人たちの名前を、思い浮かべることが難しくなっている。

部屋に戻ると、息子の悦雄が待っていた。リハビリは家族の見学を歓迎するという建前になっているから、今日も一応はリハビリ室を覗いたかと思うが、それを確かめるのももどかしく、持ってきたファックスなどを見せてもらう。

悦雄には家にいる妻の世話のほか入院生活の補助という面倒をかけているだけでなく、書斎と病室との連繫(れんけい)をも頼っている。毎日のファックスとEメールの来信の確認を頼んである。世間に私の入院のことを知られずに、テンポよく連絡のやりとりを出来るように、である。

硬派のエッセイで中身のぎっしり詰まった二十枚の原稿の推敲(すいこう)が大変であった。一応の脱稿は締め切りに十分間に合っていたが、その直後に入院したので、パソコンに入れた原稿の推敲に、悦雄の助けを得なければならないことになった。ところが、なにしろ理系の彼には馴染(なじ)みのうすい漢語が多い。それを朱で校正する私のペン字は小さすぎる上に乱暴である。さらに、内容がとくに力をこめたものなので、表現の変更が多く、十回ほども推敲しただろうか。途中で幾度か、悦雄に申し訳ない思いで、ここまでにしようかと思ったこともあったが、折角の力作だという自覚で、自分を励まし、悦雄に心で詫(わ)びて無理してもらった。しかも、パソコンへの戻しはいつでもその晩から翌日になるのだ。それを一言の文句も言わずに律義に打ちなおして持ってくる。完成したときのほっとした思いは、悦雄と私とのどちらが強かっただろうか。

今日は短いエッセイの、これは推敲でなく校正である。編集者は私の家から一里かそこらしか離れていないが、彼に私の入院のことは伝えていない。わずか四ページだけのゲラ刷りだが、三校まで要求した。方言まじりの文章で、それも琉歌(りゅうか)を主な内容とするエッセイだから、方言を知らない編集者に気をつかうこと甚だしい。

入院のとき、悦雄が気を利かして筆記具袋を用意し、朱のボールペンまで添えてあるのは、ありがたいことだ。毎回朱を入れたあと、ファックスでは朱が見えないからPDFにすると楽なのだが、相手はパソコンを使えないから、返信はわざわざ郵便に頼ることになる。悦雄にはそれだけ余計な面倒をかける。再校からはなぜか返信用封筒を入れてくれてないので、返信のつど、わざわざ郵便局まで行くことになる。悦雄は笑って務めている。

長男の為雄がしてくれたことを、退院して知った。書斎のデスクが様変わりしている。

この造りつけのデスクは、すこし高すぎる。友人のインテリアデザイナーに設計を頼んだのだが、彼の住宅のデスクが六九センチだというので、思いきって七〇センチにしてもらった。翌年にJIS規格が七〇センチとなったので、先見の明があったと威張っていたが、パソコンの時代になって事情が変わった。デスクにおいたキーボードを叩くには高すぎるのだ。私はなんとなく右手だけで叩くことを覚え、斜めに構えて左肘を机に突く、という無作法な姿勢を身につけた。

退院して驚いた。モニターの正面で机の下にキーボードを載せた引き出しが取りつけられ、それを手前にスライドさせれば机の五センチほど下のところで叩けるようになっているではないか。おかげで机の上も空いている。どうやって取りつけたのか、机の下を覗いてみたいが、私は左脚の付け根を手術したために、下に屈むことができなくなっている。しかし、たとい屈むことが出来たにせよ、机の底に新たな引き出しを取り付けることは、至難の業であるはずだ。

「為雄が机の下でうんうん唸りながら、釘か何かを打っていたよ」と妻が言った。

書斎をリフォームしたのは、一昨年の暮れで、妻の退院が近いというころであった。夫婦の寝室は六畳の和室であったが、ベッドがほしいと妻が言った。簞笥のはいった六畳間にベッドは無理だ。ではと書斎をリフォームした。誰にも異議がなく、もともと十二畳あった書斎は、たまたま蔵書のほとんどを図書館に寄贈した後なので、間がよかった。机を置いた南側の窓際だけを残して、書架も大方取り払い、ちょうど北半分にベッドを二つ入れたのだ。箪笥を和室に残したまま書斎が寝室を兼ねるという変則なものになった。私の仕事ぶりを妻はベッドから見られるようになった。

為雄の作業を妻はベッドから眺めたらしい。

為雄は手先が器用だから思いついたことだろうが、この作業は大変だったに違いない。そのことを私は退院後も為雄や悦雄から告げられることはなかった。そういえば、回転椅子も新しいキーボードの間尺に合うように、低いものに変えられ、手ごろなクッションがおかれていた。私は入院中に褥瘡(じょくそう)を得たので、椅子に苦しんだ。その様子を見ている彼らは黙って私にサービスしてくれたのだ。

入院中の私が病室で読みたい本を注文に応じて書棚から探して持ってきて、読み終えたら持ち帰ってくれるのは、やはり悦雄だった。郵便が送られて来るたびに、律義に届けてくれる。手紙のほかは、多くを家に持って帰ってもらう。寄贈だと一見して分かる本だと、とりあえず届けなくてもよいかと思うけれども、と笑いながら、一応は届けてから持ち帰る。新聞は遠慮している。病室に新聞紙が溜まるのを怖れるからであるが、ニュースは病室に備えつけのテレビで間に合うと思っている。論説の類におくれることに、それほど神経質ではない。

クッキー、キャンデーの類の差し入れも欠かさない。

入浴が火、木、土とあるので、そのつど下着の交換も間にあわせている。私には頻尿もあるので、その交換はまめに務めてもらうことになる。

自宅の妻はデイサービスが週に一度あるので、迎えの車が来ると、悦雄はその見送りを怠ってはならない。病院に来る時間の見計らいには、計算が要る。

妻の口癖は「今日は何日?」「今日は何曜日?」である。脳梗塞にもいろいろあって、妻の場合は日にちと曜日の記憶に弱くなることだという。当然の質問だから、家族の誰もが――といっても、悦雄と私だけだが、律義に答えることにしている。水曜日に「今日は木曜日?」と訊いてくるのへ、まともに「今日は水曜日だよ」と答える。「では、デイサービスは明日だね」と答えてくれれば、それは正解だと、安心する。私にとっても悦雄にとっても、なんの不思議もない日課にすぎない。

妻が私の病室に顔を見せるのは難しいことだろうと思っていると、長男の為雄が休みの日に、その車で嫁もあわせて家族全員で顔を見せたときは、嬉しかった。孫はいないが、それで十分というものだ。毎週一度は来てくれる。

廊下で旧知の看護師に会うことがあるようだ。相手が妻を覚えていて挨拶をすると、律義に腰を折って挨拶を返すというので、やはり古都首里のお嬢さんだ、と息子たちが笑う。ところが、妻が相手をよく認識しているかと言うと、怪しい。挨拶を受けて慇懃（いんぎん）に返す、という育ちから来る習性にただ沿っているだけだろうと、息子たちは言う。その挨拶の光景を私も見たいものだと思いながら、果たしていない。

「ここは違う」

と、私を見舞いにきた妻が病室の窓の景色をながめて言うから、

「君のときは、反対側だったから、海の景色が見えたのだ」

と言うと、そう？ と素直に頷（うなず）いた。

その証拠を見せようと、暇にまかせて反対側にある談話室に連れて行った。妻は何も言わずに、海を眺めた。ほかに、男女数人の患者らしい人が暮れていく海を眺めていた。

「飛行機が多いねえ」

と言う人がいた。そういえばそうだ。北から南へ飛んで、じきに低空に移るのは、すぐ南に空港があるからだ。本当にたくさんの飛行機が飛んでいる。

「あれは、みんな軍用機かねえ」

「まさか。いくら沖縄でも」

この応答は奇抜ということか、笑いがはじけた。

「本土から、あんなにたくさん民間機が飛んでくるということ?」

「混じっているということさ」

また笑いが出る。

「みんな本土からかねえ」

「そうとは限らないんでない?　カデナから飛んでくるということもあるんでない?」

「それもそうだねえ」

これには笑いが一つだけ出た。

妻はいずれにも笑わない。そのことを私は喜んでいいのか、気にすべきなのか分からない。

この人たちの病気もそれぞれだろう。そして、退院予定もそれぞれだろう。退院後にどれだけの想い出を抱いていくことだろう。私のように旧知に出会った驚きもあろうし、あらたな知り合いを作った人もいることだろう。

思いがけない出会いは、私にとって入院前後に縁が生まれていたが、退院前まで忘れられたようになった。そのことを思い出させられたのは、退院近くになって、悦雄が懐かしいEメールのコピーをもたらした時である。

なるほど韓国の孫さんからだと、あらためて思いだす。

「ご無沙汰しました」

にはじまって、書き並べられてあることに、いささかの興奮を呼びおこされた。

「おかげさまでシンポジウムは大成功でした」とある。

因縁というものであった。

二か月前に救急車で運ばれて、手術することは決まったけれども、病院の予定がつまっていて、一週間のびた。その延期のせいで助かった面がある。

転んだときは、この孫さんと朴さんという二人の日本文学研究者に会うために出かけるところだったのである。

それよりさらに二か月前から、二人とはEメールで約束していた。私の作品を

翻訳、研究している、と自己紹介があり、研究のために私に会いに来ることにな
った。日程をきめて、まずはこの日の正午に、おもろまちのホテルで昼食をとも
にしようということになり、そこへ出かけるところであった。救急車に運ばれる
前に倒れたまま、この事故を会ったことのない相手にどう伝えようかと思案し、
これしかないと思いついた手段をとった。韓国の人の携帯電話は国際電話扱いに
なるから、かねて沖縄に住んでいる知り合いを中継にお願いしてあるといい、電
話番号をもらってあるので、その人に連絡した。とりあえず、ランチの約束をキ
ャンセルするには間に合い、あとは面談をどうしようかと思案していると、手術
が延びたので、今日これからなら会えるという見込みが立ち、早速連絡して手術
を待つ病院で会うことになった。
　会ってみると二人とも若い女性であったのが意外であったが、それはともかく、
日本語が達者であるので、話しあいは順調に運ぶことになった。
　彼女たちの私への質問は、沖縄のアイデンティティーということについてであ
ったので、私はつい一方的な長いレクチャーをすることになり、会話を立体的に
運ぶことは叶わなかったけれども、一応の満足をして帰ってもらうことが出来た。
二人とも、日本の大学で博士号を取っているということで、いくつかの少ない質

問をまじえて、レクチャーはスムーズに運んだ。二時間はかかっただろうか。

私は大任を果たした思いだった。その間に脚が痛まなかったのは、とりあえずの痛み止めの効果であるらしく、有難いことであった。

すれすれのところで約束は果たされた。

これが入院の想い出になるかどうか、どうとも言いがたいが、このEメールによるレポートが退院前であることを、嬉しく思った。

「シンポジウムの報告をいただいたのが、私の退院直前のことでした」
と簡単な返事を手書きでメモに書いて、悦雄にメールの返信をたのんだ。

病院で悦雄に面倒をかけることは、これ以上いくらもないが、退院後も——たぶん長いあいだ世話にならなければなるまい。

たくさんの飛行機を見て食傷のようなものを覚えていると、夕食の合図があって、それぞれ引きあげた。

海が暮れるにはまだ早いが、船にはすでに灯りが点いている。あの乗組員に病気で担ぎこまれる者がいるだろうかと思って、余計なことをと自分を叱った。ふと、少年のころに読んだ吉田絃二郎の、小説であったかエッセイであったかの文章を、おぼろげながら思いだした。

「夜汽車の汽笛の音を聞きながら、あの汽車に父危篤の電報を握りしめて故郷へ行く人もいるに違いない」

お夕飯が冷めますよと、看護師が呼びに来た。

# まだか

人が死んだらいろいろとあるとは分かっていたつもりだが、死ぬ前にも――というより、それだからこそこのようにいろいろあるとは、思いもよらなかった。父がそろそろ容易ならぬ事態に近いと気づかされたのは、昨年の暮れである。じつは、それより早くに危ないと言われたのは秋なかばのことだ。風邪をこじらせて肺炎になりかけたようで、熱が三十九度という高さを一週間も保ったのである。主治医の山田先生が毎日来てくれたのは、父が教員をしていたころの教え子で、二十年来の碁敵だという誼(よしみ)があったからかもしれないが、

「なにしろ、年だからな」

往診に来るたびに、帰りの玄関で言う。言ったあと、きまって頭(こうべ)をめぐらし南のかなたの首里城を眺める。空中の直線距離にして五百メートルほどだから、その全壁面の朱塗りは眩(まぶ)しいほどで、それゆえにか先生の口ぶりはまるで、父の九

十五という年齢がいかにも首里城の威容に似ている、と言わぬばかりだ。父を尊敬している様子がみえる。私はあらためて父の病室にしている六畳間に戻って、顔を見る。父の年齢のことを、頭に刻みつける。この思いは日々深く、古武士の風をおびた父の額の深い皺(しわ)にも似かねない。右眉のつけ根に小さな黒子(ほくろ)があるが、それだけが年をとらない感じが、いささか不気味ではある。

恢復(かいふく)したのが奇跡的といわれたが、それ以来寝込むようになった。

〈天寿……〉

その言葉の影が脳裏の幕に明滅する。老人ホームに頼らず家の畳の上で全うさせてほしいという願いをかねてから洩(も)らしていて、私の妻をも煩わしているほどだが、いずれ避けられない日のために何をなすべきかを、日々考えている。

「いまのうちに、まさかのことを考えて、連絡をしておくべきはしておいたほうがよいのではないかな」

主治医の親切は家族づきあいから来ている。私は長男だが、二歳違いの次男タケオが東京に住みついて三十年、その下にこれはさらに五歳はなれた妹キミ子が、アメリカーと結婚してサンフランシスコに住みつき、やはり三十年に近い、ということを、先生もよく知ってのことである。

　それを受けて二人に連絡をとったら、弟は早速とんできたが、来て二日目に遺産相続の話をもちだして、「キミ子はアメリカーの金持ちと結婚しているのだから、その分を自分にまわしてくれてもよいはずだ」と言った。東京で不動産業をしているが、バブルがはじけて苦しくなり、昨今ではいよいよ首でもくくるかと考えていると、なかば脅かしだろうが、長距離電話で泣き言を言ってきたのが昨年の夏休みのころで、秋なかばに私から連絡をうけて好機到来と勇んだふしがある。だから、父がまだ保(も)ちそうだと見ると、すぐに東京へ戻ってしまった。まもなく新北風(みーにし)が吹いた。冬が近いしるしで、父のことを暗示しているのに似ていた。それ以来、弟が週に一度は電話をしてきたのが、心配していたのではなく自分の計算をどう定めたらよいか測っているのだ、と見えた。「どんな様子だ？」という質問が「まだか」に聞こえる。それでいて、年の瀬にまた悪くなったときは、新年に死ぬと縁起がわるくて困るな、と商売の心配ばかりしていた。

　妹のキミ子はなかなか来られないでいる。もともと、アメリカーと結婚したのは父の反対を押し切ってのことであった。アメリカーといっても基地の兵隊ではなく、基地関係の商社に勤めている男であった。家が資産家だとは聞いていたが、それがむしろ父の反対のタネになった。アメリカーはただでさえ人種差別がひどいというし、資産家となれば財産を鼻にかけてどういう侮辱を受けるかしれない、と言った。父にはそれなりの理由があった。もとは山原の生まれだが、親の代から那覇に出ていて、父の姉も那覇の人に嫁いだ。縁あってのことであったが、結婚してまもなくから、田舎者、山原者と侮られた。その戦前の姉の記憶が戦後になっても薄れないらしく、娘のことでも、それを言い立てて反対した。その父へ母は、アメリカとヤンバルとでは比較はできないでしょうと、当たっているようないないようなことを言って、一応娘の肩をもったけれども、娘が結婚に成功して渡米するのを見送るとまもなく、心臓発作で亡くなった。「それはお前のせいだ」と、父は娘へ国際電話で母の突然の死を伝えながら愚痴った。妹は絶句するばかりであったというが、父を裏切ったという思いで返す言葉をみつけきれなかったのだろう。それでいよいよ帰省する勇気を失ったのかもしれない。

アメリカの資産家は案に相違して妹に差別をせず、むしろ大事にしてくれて（それは娘が美人だったからだと、父は自分の手柄だといわぬばかりに言った）、混血の子供が三人生まれて幸福だ、ということだが、そのうちぜひ父に正式に詫びをいれて恕しを請いたい――父のことで私が連絡をいれたとき、そうは答えたが、さらに付け加えた。じつは舅が亡くなって、少なくない遺産の相続争いがはじまっているので、その渦中で夫が奮闘していて、日本まで行く余裕がない。しかし、お父さんが元気なうちにかならず帰って詫びを入れたいから、と結んだ。このからの次の言葉は何かと私は考えてみて、「だから、それまでは生かしておいてくれ」「だから、兄さんからそう伝えてください」ではないかと思いつき、ついでにひょっとして、「だから、お詫びのしるしに、アメリカの遺産相続が片付いたら、一部分を分けてあげるから」ということもあるかと考え及んだが、この言葉へつなぐにはだからは馴染(なじ)みにくいと覚(さと)って、断念した。分けてもらっても、どうせ弟に分捕られてしまいかねない、という懸念も手伝っている。

寒い季節になると、新聞に告別式の広告がとみに増えるが、十年ほど前の年の冬に、うちの商売を墓石専門にするとよかったかも、という話が出たことがある。山田先生が父と碁を打ちながら話したことである。医者だから死の風俗には格別の嗅覚(きゅうかく)がはたらくのだろう。

父はヤンバルの出であるせいか、石の商売を思いついた。私が小学生のころで、教員から突然の転向であったという。ヤンバルには山にも谷にも石が多いから、それを切り出してきて、町で石を売るのである。ヤンバルのかなりの資産家の次男に生まれたのだが、祖父から相続を受けた遺産はほとんど山林で、それも石の多い土地なので、そこから思いついた。ほとんど庭石である。そのうちバブル時代になって世間で屋敷の庭を石で飾ることがはやり、それを見越していたかのように当たった。そのことに弟が難癖をつけ、ヤンバルの出であるくせにヤンバルから石を切り出して、山を荒らすのに手を貸すなんて罰当たりだ、罪滅ぼしにその儲けを分けてくれ、と言ったことがあって、私は石会社の専務として、聞き捨てることができず、かなり大きな声で口論したことがある。

「その儲けを横取りしようとするお前こそ、罰当たりではないか」

「横取りなものか。遺産相続の前倒しをもらおうと言っているだけだ」

思いだしてみると、それはバブルがはじける前のことで、弟がまだうまく稼いでいたから、それに儲けを上乗せしたがっていたわけで、けしからん話である。お伽噺の欲ばり爺さんみたいな弟だから、父が亡くなっての扱いかたには、よほど気をつけなければならない、とあらためて考えはじめたのが今年のはじめだから、それから八か月間、気をつけっぱなしだったことになり、疲れるのも無理はない。

春に一度、弟は帰ってきた。私は内心で首をかしげた。父についてあらためて危ないということを言ってないから、それとは関わりのないことだろうが、ほかに何の儲けを企んでいるのだろうか、と用心したら、まず息子が私立の一流大学の経済学部に入ったと言った。それはおめでとうと、その場では口で祝うにとどめた。もちろん、あとで妻に祝儀袋を仕立てさせて、祝儀を三万円は包むつもりでいた。うちの息子が大学にはいったときに、弟が三万円くれたことを思いだした。三年前のことだ。「もっとはずみたいが、バブルがはじけてな」と、しんみり言ったときは、すなおに感謝の気持ちが湧く一方で、こういう話にかこつけて自分の苦しさを宣伝する奴には用心しなければ、という思いもともなった。

はたして弟は、そのとき築山のきれいな庭を眺めていたが、呟くように言った。

「墓石専門にするとよいのにな」

これには二重に腹が立った。山田先生が言ったことを又聞きしているのかは知らないが、あらためて言うのは、バブルがはじけたことと関係があるに違いない。儲けて自分に援助してもらいたいということだろう。それに、父がまだ大丈夫だというのに、誰も言わない危機のことを連想しているに違いないのだ。

私は話をすこしそらして、

「沖縄の墓にはヤマト式の墓石は使わないのだ」

それは分かっているが、と弟はまともに応じて、

「昔ながらの亀甲墓や破風墓の時代はもう終わった。沖縄中の人口の三分の一が那覇に集中してきたので、郊外に墓が集中しているが、みんな小粒になっている。それでも亀甲墓や破風墓の形だけ温存している様子はいじらしいというものだが、見ているがいい、いまに土地不足で悲鳴をあげる。そのうちに、先見の明あってヤマト式の墓石を立てる者が出れば、軒並みそれにならうぞ。どうだ、うちがその先頭を切っては」

そうして、こころもち隣室を窺う眼をした、と私は見た。隣室には父があるかなきかの呼吸音を保って眠っていた。いや、ひょっとして、いま眼をみひらいて天井をにらみ、耳では弟の話を聞いてはいまいかと、私は気にした。だから、あえて反論をしなかった。声高な口論に発展して父の耳に届いてはまずい。墓石商売の話は、当節世間にヤマト式の墓がふえていることでもあるし、山田先生の入れ智恵のあとに私も考えなかったではないが、やはり沖縄の風習になじまないと見て、企画を発展させるのを遠慮してきた。父のために墓石を他所から買うのならよいが、この時期に店の商売を墓石専門に切り替えるなど、父の死を急かしているみたいで露骨にすぎる。そのようなひとの気も知らないで、墓石を売る話どころか、自分の親の墓でその先頭を切ろうとは、なんと不謹慎なことか。

父にはじまるこの家系の墓はすでに造ってある。庭石材料の置き場を首里城の東方、弁が嶽の近くに五百坪ほど買ってあり、その一角に太平洋を遠望するように亀甲墓を造った。大きくはないが風水はわるくないつもりだ。その墓の落成祝いには弟も呼んだはずだが、さては忘れているのか。しかし、いまは家系談義に発展することを惧れる。私はそのことを口にはしないことにした。

弟は息子のための三万円の収穫だけをもって東京へ戻ったが、それから半年、音沙汰がないのは、めでたいのかめでたくないのか。父にさいわい変化らしい変化がないので、弟に変化があると父にさわりかねないと思えば、めでたいということかもしれないが、気味わるく覚えないものでもない。

ところがその弟に変化がきた。大学一年生の甥を経由してきた。

大学に中村という経済史の先生がいるが、その先生が沖縄の出身で、しかもお祖父さんの教え子だなんて、思いもよらぬことだったと、甥は弟に報告したという。沖縄のナカムラのナカは人偏がついているが、先生は沖縄を出てから三十年にもなり、ヤマトンチュにならって人偏をとってしまったので分からなかった。

ある日、授業が終わってから研究室によばれた。甥の姓が沖縄独特のもので名前の一字にも一門の特徴があるので、もしやと疑ったのが当たったと、教授は言ったそうである。山田先生と同級生だというのが、さらなる奇遇であった。父はかつて高校の美術教師で、山田先生と教授がとくに美術が優れていたので、眼をかけられていた。そういう話を研究室でながながと聞かされたという。なぜお祖父さんは教師をやめたのとか、絵を描かなくなったのと、甥は弟に訊いたが、弟も知らないことであった。兄さんは知っているかと、弟はめずらしく電話でしんみりした。これが弟の変化といえるが、さらに言った。「お父さんになにか異変があったら、遅れずに知らせてくれ。もしものことがあったら駆けつけたいと、中村先生が言っている」私は、会ったこともないくせにもしものことなどと、人づてにとはいえ私へ訊くのは不謹慎きわまる、と思ったが、父に愛された教え子ということに免じて恕すことにし、その中村という教授のことを山田先生に告げた。

「いや、忘れていた。すまない」

と山田先生は率直に詫び、まさかの場合に連絡する相手の一人に加えてくれ、と言い足した。

なぜお父さんは絵を描かなくなったのだろうと、私は妻に意見を求めたが、妻の答えはそっけなかった。

「いろいろあるんじゃない？」

これは答えになっているようで、なっていない。そこで思いついたのが、息子が地元大学の美術工芸科に進学したことだ。隔世遺伝か。そこで息子に尋ねてみたところ、

「展覧会に出品して酷評されたので、絶望して筆を断ったとか」

利いた風な返事をしたが、展覧会に関心の高い美術学生らしい思いつきに過ぎまいと、私は相手にしないことにした。

弟から新しい連絡をもらったのは、梅雨あけのころであった。

「教授を友人代表に加えてくれ」

一瞬何の話かと思ったが、すぐに読めたのは、告別式の新聞広告のことである。沖縄の風習で、告別式の広告には家族として人によっては孫、曾孫(ひまご)まで出し、親戚代表とならべて友人代表も出すが、どうかすると十数人もならべて全員が代表かと合点のゆきかねることがある。ヤマトンチュがこの派手な風習を見ると、誰もが驚く。

「教授は、もうヤマトンチュになったのだろう……」

私はありきたりな疑問を出した。「ここの告別式に名を出すのを承知するのか」

それはむしろ歓迎だ、と弟は電話の向こうで胸を張った(のが見える気がした)。

「教授はながく故郷沖縄を離れて、すっかりご無沙汰しているというので心苦しく思っている。このさい、ご恩返しがしたいということだ」

と、神妙なことを言う。

神妙に見えるが正しいのだろうか、と私は疑った。とはいえ、表向きは奇特な申し出というべきで、断る理由がみつけがたいので、むしろ恐縮だという社交辞令を伝えておいた。それにしても、なんだかおかしな、という違和感は残った。息子の恩師だというので、目をかけてほしいと胡麻をすっている、という商売根性が透けてみえる。

それからまもなく、山田先生から話があった。中村教授が電話で、先生が危なくなったら知らせてくれと、連絡をしてきたという。その話のなかに高校時代の美術教師としての父がはじめて登場した。父が美術教師をやめた理由はまだ分からないが、ここで図らずも納得がいったのは、父が石商売をはじめた理由のことである。もと美術教師として庭石に興味をもったことに発しているはずだ。すると弟が言うように墓石専門に切り替えるなど、言語道断ということになる。父が天寿を全うする前に気づいてよかった、と私は自分が孝行息子であることを自認したが、この思いにもちろん山田先生の理解は届かない。先生の話題はもっぱら師弟三人だけの美術同志愛に限っている。――こうして、美術をめぐって父に心服している教え子が二人もいることは、父を見直すよすがになり、中村教授のことも、理解できそうである。そのことで弟と、ついでに甥とも連絡をとり、教授にもよろしくと言っておいた。

会ったこともない人によろしくと言うのも変なものだが、なんだか父の名誉にかかわりそうな気配もあるので、そういうことになった。よろしくと言ったとき、弟の反応がすこしおかしい気はしたが、その理由が翌日に弟の電話で分かった。

「中村先生が、まだかと訊いていた」

と言う。

まだかとは何が？　と訊きかえしながら、異な予感がした。果たして、

「お父さんがさ」

つまり父がまだ死なないか、と訊いている。

「そんな失礼な質問をする人か？」

未見の人への想像はいくらでも伸び縮みするものだ。山田先生に聞いた美しい思い出話は早くも私の頭を飛び去り、たとい父の教え子だとて恕しがたい、という思いもきざして、そのニュアンスを伝えたつもりである。告別式広告のことで

きた。
違和感を覚えたのも、つい昨日のことだ。弟と教授との境目が見えにくくなって
「いや、気にしすぎだと、俺も思うのだが……」
と弟の歯切れがわるい。「まあ、元気ならいいさ」
そこで電話を切ったとたんに、私は了解した。まだかというのは、教授のでな
く弟の質問に違いない。
翌日、山田先生から中村教授の伝言を聞いた。話の中身は中村教授の言ったこ
となのか山田先生の主観なのか判別しがたいところがあったが、口には出さずに
傾聴した。
「中村君からしばらく連絡がないので、伝えるのが晩くなったが、こんどは弟さ
んから電話があってね……」
なるほどそういうことかと、山田先生は（甥の話までを一緒くたに話して、遅
ればせながらおめでとうと重ねた上で）先生がこのまま世を終わってしまうと、
自分ははなはだ申し訳がない、せめて告別式には参列したいが、その前に広告に
友人代表として名前を出させてほしい、と最後は伝言の趣旨でしめくくった。弟
からも私へ伝言があったし、よほどの拘りらしいと、私の思いはようやく善意と

感謝に切り替えられてきた。それにはしかし、この機会に父が教師をやめた経緯について次のような貴重な話を聴いたことが与っているかもしれない。

山田先生と中村教授は高校の同期で、ともに美術の秀才。父が美術教師として眼をかけていて、当然美術コースで進学することを父は期待していた。が、山田は父親が医者で、その跡継ぎになる義務を負っていた。中村は美大に進学をきめたが、父親の了解を得るのにすこし手間どった。家は那覇の国際通りに衣料品店をかまえる商家で、商学部を期待されていたからだ。ところが、父を説得して受けた美大の受験に落ちたから、今度は本当に困った。中村の美大進学に期待していた恩師の父が落胆したのは無理もないが、加えて中村の父親が父に苦情を言いに来たのは、落胆に輪をかけることになった。苦情の趣旨は、金にならない美術の趣味を植えつけたことについてであった。美大を落ちたから良いではないですかと、父はよほど口答えしたかったが、それでは相手の心情を逆なでし、自分の真意をも裏切ることになると思い、ひたすら緘黙した。父が教師をやめようと決意したきっかけである。年度末には辞表を出した。周囲がおどろいて、それほどまでにしなくてもと言ったが、父はなにかを吹っ切るつもりがあったらしい。ひょっとして、やはり芸術家かたぎではなかったか、と評する向きもあった。

中村は一浪して、こんどは商学部に入ったけれども、それが親の商売をつぐことにならず、学者になった。親に従ったような背いたような及び腰だと、大学院へ進んだとき山田に話して苦笑したという。つまり、なんでもできる人間の、器用貧乏ということかなと、山田先生は私に笑った。

この年になると、先生に心配ばかりかけたことを悔いる。せめて、お元気なうちに、なにか償いをしたい、とも中村教授が山田先生に伝えたとか。よほど、高校時代に師弟のスキンシップができていたということだろう。父はいま、眼をむいて天井をみつめている頭で、そのことを思いだすことがあるだろうか、と私は想像をはせる。私は自分の息子が美術工芸科に入ったことを思いあわせ、父はそのことに一言もふれなかったが、内心で祖父としてどう思ったか、はじめて思いやった。

まだかと、中村教授が二度目の照会をしてきたという連絡を弟から受けたのは、山田先生から右の経緯を聞いてから一週間ほどあとであった。

「どうして、そういう失礼なことを訊いてくるのだ」

まだかという文句を頭のなかに響かせながら、私が腹を立てたのは、教授へかい、弟へかはっきりしない。多分、弟が教授へなにかを焚きつけたのだろうと、（邪推かもしれない）憶測をしたのだ。

「年内にカリフォルニア大学に学会で出張する予定があって、日程がかち合うといけない、ということらしい」

私はいささか拍子抜けがした。

「日程って、なんの日程だ？」

「告別式のさ」

「お前……？」

日程とはそういうことだろう、とは見当がついたが、とぼけてみせたのは露骨にまともな反応をすることを躊躇ったからだ。それなのに、相手が露骨すぎる。

「広告に名を載せることぐらいに、日程もくそもないだろう。出張中なら広告を出すだけにして、告別式に出席しなくてもよいわけだ」

「それなら、その前にお見舞いに行きたいと」

「それなら、さっさと来たらよいだろう」

変な話になったとは思いながら、いきがかりというものであった。

はっと気がついた。じつは弟が遺産相続のために父の死を待ちかねていて、教授の名を騙ったのだろう。ひょっとして一緒に来たいのかもしれない。

「お前は教授と何の話をしているのだ？」

「なんのって？」

「いろいろと突っ込んだ話をしているのだろう？」

いろいろとと言っても、といくらか口ごもりながら、じつは、と思いがけないことを言った。

「中村先生は、沖縄にお墓を造りたいそうだ」

実家の父親は次男で、彼が教授になった直後に亡くなったあと、母親が自分のできる範囲でとりあえず小さな墓を造って納めた。それをこのさい大きく仕立てたいという。

「それで？」

お墓を造りたいという話は、世間に珍しくない。沖縄を長く離れている人が、里心がついたとき、やおら思いつくことだとは聞いている。しかし、そのお墓を造るのに、うちの石を買おうというのは筋違いではと、よほど先まわりして言おうかと思っていると、

「まず土地を買って、という話から発展して、俺が土地を買って、そこに中村先生がお墓を造ろうということになった」

話は妙な落ち着きかたをした。ただ、彼は落ち着かせたつもりかもしれないが、私は落ち着かなくなった。

「場所の目当てはあるのか」

「まあ、無いこともない」

不動産屋らしい返事が来たのへ、私はかぶせた。

「しかし、金がないと言っただろう」

これは止(とど)めを刺すつもりであった反面、怖いもの見たさでもあった。はたして、

「遺産の話を早く予約したい」

ここまで言わせてしまうこともなかった、という後悔がかすかにあったが、そこもやはり兄弟というものか。

「お前が教授を焚きつけたのか」

「そうではないが、そうであったとしても、悪くはないだろう」

こういう言いかたも不動産屋らしいといえるかどうか分からないが、話をつい先まわりして、

「やっぱり、まだかと言いたいだろう」

弟は電話の向こうでうすく笑って、

「しかし、中村先生は真剣だぞ。沖縄をながく離れた人でなければ分からぬ心境だ」

それはそうかもしれないが、その心境を弟のようなやつが利用するのも、おなじ理屈だろうか。

大きな声でまだだと言ってやりたい、と思ってから、

「キミ子とも関わることだから、そう簡単に急ぐわけにいかない」

父に聞こえなかっただろうかと、ふと気になる話題だ。

「キミ子とは相談がうまくいく」

勝手なことを言うな、と言いたい気持ちをおさえて、

「どううまくいくわけ?」

弟はこんどは笑って答えなかった。だが私には見当がついた。妹の相続分を譲ってもらう相談に違いない。妹がそれにどう応じるか分からない——と、曖昧な時間が流れるうちに、二か月たって沖縄の空にサシバが舞うころ、中村教授がアメリカへ飛んでいって、サンフランシスコで妹に会った。そこで、妹の願いが弟のそれとまるで別のことだという感触を得てきた。

「お父さんが元気なうちに、お詫びをしたい」

妹の願いはそれである。それだけである。そのほかには何もない。こうなると私は、父がすなおに蟠りを解いて妹にも相続をくれることを期待したい。

じつは弟は「相続を譲ってくれ」という趣旨の手紙を送り、中村教授には窮状を訴えて妹へ伝えてもらうことを期待した。教授はそれに一通りは応えたが、妹はそれには冷たかったという。

「援助はする。しかし、相続分を譲ることはしない」

妹は教授にもそう明言した。

教授は妹に会ってほろりとしたらしい。長年沖縄を離れている者同士の共感というものがあったようだが、そういう世間なみな話のほかに、どちらも父にそれぞれの詫びをしたいという願いを表明して、おなじですねえ、ということになった。そこで、弟について妹は手紙に書いてきた。教授が東京へ戻ったころに、妹の手紙を私は受けとった。

が、その内容に私はいささか戸惑った。

「タケオ兄さんが困っていることを、中村先生に話を聞いて、くわしく知りました。私はタケオ兄さんを援助するつもりです。タケオ兄さんが言ってきた遺産相続については、いま言いたくありません。私はただお父さんの恕しを得たいだけです」

簡単みたいでありながら、複雑に考えることのできる話だ。

私は思いきって弟に電話をした。

「キミ子がお前を援助するとはどういうことだ？」

「なんだ、話が行っているのか……」

弟はすこしがっかりした様子で、「両天秤かけていると思わないでくれよな」

すこし可哀想みたいな話になった。たしかに、私は妹から手紙をもらったときは、弟が両天秤をかけている様子をただちに察して、教授を妹に会わせたのも、それが目的だったかと思ったものだが、妹が幅広い紙にボールペンの豪快な字で書いてきた手紙を見つめているうちに、字の大きさとは矛盾するような、妹のこまやかな心情を察しないわけにいかなかった。日ごろ手紙をめったによこすことはない。国際電話でも電話代が気にならない金持ちだから、手紙はほとんどない。しかし、このたびはわざわざ手紙にした。その心情を理解したいと思った。

「タケオ兄さんが可哀想になりました」

ともある。

父はあいかわらず、ときどき眼をみひらいて天井をにらみ、それこそ天寿が尽きるのを従容と待っている。どうかすると、黒子がひとりで頑固に耐えているかのように、大きく見えたりする。それにしても、山田先生から「なにしろ年だからな」と言われてから、そろそろ一年だ。よく保っているというものだが、ひょっとしてそれは、妹の願いを無意識に予見してのことであったか。お正月をねらったような日程で妹が来たからである。

「お正月なら、お父さんが急がないはずだからね」

来ると早々に言った。殊勝というか、器用というか。たしかにその願いは叶うものかもしれない。なにしろお正月だ。危ないと言われてから二度目の新年だ。その二度目に妹の願いを添えてのことだから、これは叶うことになりそうだ。

弟が従いてきたことを、私は複雑なものに思った。

「こういうことだったか」

弟に言った。

「そういうことだ」

弟はうすら笑いさえ洩らしている。

私は想像した。——まず、妹が弟に同情した。そこへ弟が提案した。父への詫びをとりなしてあげよう。これを妹が了解して、そのかわりに経済援助をしてあげよう、ということになったと思われる。遺産相続分を譲るというのとは訳が違う。それを私は率直に言って、弟からそういうことだと、了解をもらった。

「いくら貰うのだ」

「いくらでもよいだろう。兄妹だもの」

いくらでも高い、と私は思ったが、言わなかった。弟の機嫌をここで損なわないことが、妹のために良いはずだ。

「中村先生も、入学試験がすんだら来るそうだ」

私は呆れた。いかにも学生が夏休みになったら帰省する、とでも言っているように聞こえる。入学試験まで待てるか、と喉元まで出かかったが、押し殺した。私自身が「待てない」と発言するのは不謹慎だと思ったし、変な材料で弟の加勢をすることになるのも嫌だ。

二人を父の病室に入れた。父は元気のない眼で二人を見た。妹を見て感動の色を表しそうなのに、それがなかった。黒子さえ黙っている感じに、私はかつてない不安をおぼえた。

「お父さん、キミ子よ。ながいあいだ来なくて、ごめんなさい。どう気分は？」

妹が尋常な挨拶をした。

父の目玉が妹を見るために横を向いたが、また戻り、唇がかすかに動いた。なにか言ったようだ。なに？　と妹が耳をよせた。

「子供たちをつれてきたか」

よく聞きとれた。

「ううん。お父さんにゆっくりお話をしたいと思って、連れてこなかったさあ」

父の目玉がまた動いた。が、こんどはなにも言わなかった。

「ね、お父さん……」

妹が言おうとするのを弟が引きとり、無理したような大声で、

「もう、キミ子を恕してもいいんでないか、お父さん」

これはすこし話が性急にすぎはしないかと、私は傍で聞いてひやひやした。弟はよほど早く片付けて金を貰いたいのだ。

しかしと、また片心(かたきも)で考えた。この際はやはり父に早く妹を恕してほしいものだ。弟の真意はともかく、これが善意にはたらくなら有難いというものではないか。そこで、

「キミ子はね、お父さん。アメリカで毎日、お父さん恕して、と祈っていたそうだ（すこし話を大袈裟(おおげさ)にした）。お金持ちの嫁になって幸せになっているから、

恕してよいのでないか」

父の目玉がまた動いて、唇が動いた。

「なに？」

私が耳をよせた。

かなり小さな、呼吸音のほうが大きいような声で、

「どうでもよい」

聞こえたかと、私は二人を見た。二人は頭を横にふった。

「どうでもよい、ってさあ」

人間、九十五歳にもなれば、やはりそういうものだろう。

これですべてうまくいく、という思いの傍で、これくらいの手数で弟だけが儲かるのは承服しがたい、という不本意の思いもきざした。だいいち、これは弟の手柄か私の手柄か。

「こんなにして、わざわざアメリカから来たのにさあ」

いきなり妹が不合点（ふがってん）の声をあげた。

まずまず、と私はあわてて二人を父の寝床から引き離して、応接間へみちびいた。

ソファを占めて、妹の顔をつくづくと見た。なるほど、父がかつて言ったように、鼻筋が通って美人には違いない。オパールの耳飾も利いている。が、目尻の皺が目立ち、やはり年をとっている。ここ三十年のあいだ、親不孝をつづけているという思い込みのまま外国で暮らしてきたのかと、あらためて可哀想になった。

「相続問題は片付いたか」

いまのところ、最良の慰めのつもりである。これに妹はすこしはずして答えた。

「両方の相続問題が同時に起きたとはね」

「ここの相続問題はないだろう」

弟が突飛なことを言った。

「ここの相続問題がないとは?……」

私はいささか性急になったようだ。そこで妹へ質問をふりかえ、「これに譲るつもりか」

妹への相続分を弟へ譲って、そのかわりに弟に父へのとりなしを頼む、という想像をまだひきずっていた。

弟が、指されたことに不満なように眼をむいた。

「そんなことではない、なあ」

妹に同意を求める。妹が頷き、

「私……」

と、私へむくと、「相続はぜひ貰います」

うん、と私は頷いたが、妹のこのさし迫った表情の意味を解しかねていると、

「それでこそ恕しをいただいた、という徴にしたいのよ」

お父さんの様子を見ていると、簡単な口約束をもらうより、そのほうがよほど確かだと思うわけさあ、と念をおした。父の様子を見ないうちから考えてきたことだろう、と思ったが黙っていると、

「でも、いやさあ！」

妹が叫んだとたんに、胸から込み上げるものを抑えるように、首をふるわせ、

「お父さんがすぐにも死ぬような話はいやさあ……」

それが泣き声になった。「もっと元気なうちに恕してもらいたかったよう」

三十年もアメリカに離れていながら沖縄訛りが脱けない様子を思えば、その父への拘りを力いっぱい支えてやりたい思いにかられる。

私は弟の横顔をみた。弟は妹の顔から眼をそらしている。

「誰もそんなことを考えていない」

私は気張って大きな声を出した。父に聞こえてもいいと、一瞬間思った。死へ向かう父の背を押す弟と引き戻そうとする妹の間に立って、私はいったい何れの側に近いのか、と省みた。妹を支持したいが、はやくこの面倒から逃れたい――その思いはやはり父の死を待っているのか、と迷う自分にうんざりした。

〈まだか……〉

ひそかに父の部屋の様子を想像した。

「ヒロシ兄さん、認めてくれるでしょう?」

妹が涙をぬぐい、私をみつめて大きく息をした。

「もちろんさあ。遺言があるわけでもないから」

余計かも知れないことを付け加えて妹へ頷き、弟を見た。お前よりよほど信頼できる、と言ったつもりである。父の意識や言葉の頼りなさを思えば、父の言葉に頼ることなく遺産相続をたしかに受けて、それを確実な証しの証と認めたい、という気持ちはけなげというべきか。

「うん、それでいいよ」

弟はかるく納得した。その表情に私も納得した。かねて聞いた通りで安心したというべきか。

その簡単ぶりがどうもおかしいと思っていると、それからいろいろと話しているうちに分かったことに、妹は遺産相続とは別に弟に援助をするつもりでいたようである。恕しをとりなす代わりに、と私は想像していたが、すこし違ったようだ。弟としては手間が省けたようなものか。

夕食をすませて茶を飲んでいると、山田先生から電話があった。中村君から電話があってね、というから、まさかあらためて入学試験の話ではあるまいと、こころもち緊張していると、

「先生のデスマスクを取らせてほしいそうだ」

唖然(あぜん)とした。デスマスクというのは、私の周囲の世間に滅多にないことだが、私はたまたま知っている。臨終のあとに顔の型を石膏(せっこう)に取るのである。白い、能面のようなものが出来上がる。臨終の写真のかわりといえばよいか。眼を閉じたままの、何を考えているのか分からぬような表情が見えて、遺族として有難いような有難くないような財産になる。弟や妹が見たら、どう思うだろうか。亡くなる直前に騒がせた立場として、だ。

「しかし、先生……」

私がどう反応してよいか迷い、返事を口ごもっていると、

「僕より上手（うわて）だなあ。趣味で習ったそうだよ」

経済史の中村教授が趣味で美術をつづけていた、となれば父が喜びそうな話で、それもデスマスクをとるとなれば、この上もない恩返しというべきだろう（世間並みにいえば）。

私がまだ口ごもったままでいると、

「どうした。不承知か」

「いえ。結構だとは思うのですが……」

私が言葉をにごしたのは、この返事が父の死へ向かう背中を押すことにならないか、という躊躇（ちゅうちょ）からでもある。

「それはそうと……」

山田先生は医者らしく、このさいにも屈託なく、「それより、中村が訊いていた。まだだろうと」

まだかではないですか、と私は訊こうとして咽喉（のど）でくいとめ、それはどういうことでしょうと、神妙に言葉を選んだ。

「いますぐに来ることができないが、まだ時間があるだろうか、ということらしい……」

しかし、すぐにもというのなら無理をするよ、ということだった、と付け加えた。

そこへ、しばらく前に父の部屋に入っていった妻が、襖を開けて顔を出した。まだか、と私はうっかり言おうとしたのを、腹に力をこめてひっこめた。その刹那に思いだしたのは、前に中村教授が「まだか」と言った、という話をめぐって、私が弟へ嫌味を言ったことである。あれは誤解だったかと、反省した。ひょっとして弟が中村教授の言葉を聞き違えたのではないか……。

デスマスクに眉のつけ根の小さな黒子が表われるだろうか、とふと思った。思いつくと、これは意外と大事なことなのだという思いが、ふくらんできた。教授や山田先生が拘るかどうかは知らないが、家族にとっては父が怒るにつけ笑うにつけひそかに動くような感じをあたえた黒子がもし消えていたら、妹はまだ怒してもらっていないと錯覚するかもしれない。弟は一切を見逃してもらったように安堵するだろうか。いや、やはり気ぬけするだろう、と思うのは私の弟へのせめてもの思いやりである。私は——すくなくとも私は、（この顔は父の顔ではないとは思わないまでも）父の、あるいは私の人生が本物だったかどうか、という不安にかられるのではないか。

まだかという問いかけに、言うほうも聞くほうも拘ってきたのは、ひたすらこの黒子のためにほかならなかったはずだ、という思いが私のなかに生まれ、やがて満ちひろがる。火葬で一切を喪うよりデスマスクを選ぶ以上、この黒子はぜひ残ってほしい。私たちきょうだいがいつまでも、まだかという問いかけを、こんどは父の父らしい面影を永遠に残す黒子へ、（弟さえもが）たのしんで言えるように。

〈中村先生、お願いしますよ……〉

アマチュアの技量をこえて、師弟愛の精度をつくしていただきたい、と願った。それから思い及んだのは、中村教授が弟を通じて沖縄に墓地を求めたいというのなら、墓石を売るかどうかは別にして、それは弟と一緒に相談にのってあげよう、ということである。

# 四十九日のアカバナー

梅雨明けの透明な月光のなかに、屏風垣(ひんぷん)の仏桑華(あかばなー)が静かだ。昼間ならきらめく海を背景に数十個の真紅の花が、みずみずしい濃緑の葉叢(はむら)に包まれて誇っている。島の東の海岸線に沿った国道の西側に、稜線(りょうせん)へ這(は)い登るような斜面に建てた家は、国道から目立つ。コンクリートブロックの家は真四角な平屋で二十坪しかないが、屋敷の表をかくす仏桑華づくりのヒンプンが飾りにもなって、派手に見せているせいだ。横に三メートル、厚みが五十センチ、高さ二メートルの豪華な生垣。どこかのコンクールにでも出したいなあと、言った人がいる。見も知らない、通りすがりの初老のドライバーが、わざわざ坂を登ってきて呟(つぶや)いたという。これを五十年前に建てて育てた宗次郎は、高等小学校を出たてで南洋に出稼ぎに出たところ、そこで世話になった人がヤマトから渡った成功者だったが、ハイビスカスを屋敷の垣根にしていた。沖縄ではハイビスカスのことをアカバナーとよぶと、宗次郎が主人に教えた。それを宗次郎がよく憶えていて、沖縄に引き揚げてきて家を建てるとき、垣根をまわすかわりにヒンプンだけをアカバナーで飾ることを考えた。住宅ははじめ掘っ立て小屋なみの木造だったのを、二世代目でコンクリートブロックに変えたけれども、ヒンプンだけが変わらない。その宗次郎が死んで三十年をこすが、アカバナーがその思い出のよすがになっている。

「お父がいるようにあるさあ」

妻のトヨがときたま、正面の座敷で香片茶を飲みながらヒンプンを眺めて言う。

「そのうちに、お父の面影がヒンプンに立つはずね」

嫁の光子が相槌をうったことがある。

「面影は立たなくても、アカバナーがお父になるわけさあ」

面影の理解にわずかなずれがある。光子は巫女を好んで買い、物に面影を添わせたがるのは巫女の真似に近い。

この日、光子が寝る前に雨戸を閉めようとしてなにげなくヒンプンを見たら、その葉叢にひとり息子の宗雄の面影が浮かんだような気がした。その面影のかわりのように警官がヒンプンの陰をまわってあらわれたのと、どちらが先であったか。

パトカーを下に停めた警官があらわれて、息子の宗雄が交通事故で重態だと知らせてきたのは、偶然とは思えない。

面影はたしかだった、このことの予感であった、とトヨに誇る余裕はなかった。仏壇の裏の部屋で床についているトヨを起こす気にさえならず、胸騒ぎするまま着替えもせずにパンプスを履く。つい雨戸を閉めわすれた。

宗雄が原付バイクを運転しそこなって、国道のわきにある墓の石垣に衝突したのだと、警官に従いて坂道を降りながら聞いた。パトカーにはじめて乗せてもらって現場に行った。

家の下から一キロほど南へ行った場所で、道路の西側にすぐ接して破風墓が三つならんでいる。バイクがその一つの石垣にぶっつけて横転していた。ミラーが折れてとび、ハンドルが曲がっている。買って間がないせいもあって、宗雄のものかどうか見定めにくいし、そこに面影が添っていないこともあって、咄嗟には信じがたい。が、宗雄がすでに救急車に乗っていると聞かされて、覚悟を引き締めないわけにいかなかった。仲間が三人いたが、怪我人は宗雄だと証言したあと免許証をみせ、簡単な尋問をうけて、とりあえず帰宅を許されたという。夜半ながらはげしい交通量のなかで、若者たちの姿はすでに消えている。宗雄がまったく外されている、という思いがたしかなものになった。

夜半の風が凪（と）れて汗が噴き出た。

墓の主は自分の集落（むら）の人ではないと、ひそかに思った。戦前はのどかな県道で、このあたりは松林だったそうだから、そのすぐ傍に墓を造ってもおかしくなかっただろう。が、いまではおびただしい数の車たちに見捨てられた感じで、まったく似合わない。そこへバイクに突っ込まれたのは墓がわるいのだと言いたいが、明日からあとどんなに恨まれることか。バイクへの同情はあとまわしで、石垣に損傷があろうとなかろうと、墓に穢（けが）れがついたと苦情を言われるにきまっている。巫女料金（ゆたでいま）を払わされることだろう……。

パトカーは去り、残された救急車の屋根の赤いランプが月光をかき乱すように忙（せわ）しない。それに急（せ）かされるように乗り込んだ。なかで小動（こゆる）ぎもせずに横たわっている姿を、それがわが子だとは信じたくない思いで、あらためて見る。たしかに宗雄だと見ながら、まだこれは幻なのだと思いたい瞬間がある。事故のときヘルメットをかぶっていなかったとかで、後頭部にいくらか裂傷があり、そのための包帯をしてはいるが、打ちどころが不幸中の幸いというか、ほかにさしたる傷はない。とはいえひどい脳震盪（のうしんとう）らしく、点滴のほか酸素マスクで顔を覆い、救命士がひとり付ききりで脈拍を測りつづけているのを見ては、何をどう問うてよいかと、まごつくばかりであった。

「ムネオーッ！」

叫んだが宗雄に届いた様子はない。救かるかと救命士たちに訊きたいのを、怖くて我慢した。

中学生のくせに一人前の顔で怪我人になっている姿が、いじらしいというより憎らしかった。

「なぜ……？」

なぜと問いたい相手は誰か、一瞬迷う。仲間の名を聞いても仕方がない。なぜ……その次に言う言葉はなにか。

「なぜ、バイクを買ってやった？」

と、トヨに詰問したかった。

実際に問いただしたことはある。宗雄が一か月ほど前のある日、いきなり原付を持ってきたときである。自分で運転できずに業者が持ってきたので、その場では呆れるばかりで何も言わなかったが、あとでトヨに買ってもらったことを知った。

「まだ中学三年生だよ」

　苦情を言った。

　トヨは答えた。

「お祖父は若いころ、南洋でなんの楽しみも知らなかったってさあ。宗雄にそれくらいの楽しみはあってもよいではないか」

　値段は十万円で、トヨの蓄えから出ているのはよいが、

「事故を起こしたら、どうするか」

「免許を取ればよいわけさあ」

　免許をとったところで、事故を起こさないという保証はないはずだが、トヨにはそういう話は通じない。

「免許を取るまでは乗らんでよ」

　光子はそれだけを言い聞かせたつもりだが、それすら守れなかったのは、やはりトヨが甘やかしたのだ、とトヨを責めたい。

　父親が生きていたらと、光子は悔しい。夫の宗俊は大工であったが、宗雄が一歳にもならぬうちに、現場で高いところから落下した鋼材に叩き潰された。それと今回の事故が関わるかどうかと、巫女に問うてみたい気さえする。トヨにも問

うてみたい。——その悔いと恨みをのせて、救急車は唸りつつ駛った。

光子が出ていく気配をトヨは覚っていた。このような時分にと思うと、つい先ほど救急車かパトカーかのサイレンの音を聞いたことが気になった。起きだして、宗雄の寝床が空になっていることをたしかめ、それから台所の裏へまわった。裏でトタン葺きの下屋を出して納屋にしているので、月光をたよりにそこを覗いてみると、案の定バイクが消えていた。表にまわってヒンプンを見た。アカバナーの群れが動かないのが、なにか不思議な気がした。花に口を利いてほしい気がする。

いまさらのように、この家が一軒家だということが思われた。

南北にはしる国道から東側には、海までのあいだに集落が点々としているが、西側の山手には、そのあたりでは住宅がこの一軒しか見えない。山手といっても、島を中央で縦断する丘陵から流れ落ちる斜面のことだが、緑はあせて貧しく、ところどころに山崩れの痕が土色というより灰色に見えるのは、六十年ほど前に崩れたのだ。そのころ、大雨のあと夜中に銅鑼が鳴ると山崩れがあるのだと、集落では誰もが知っていた。小学生だったトヨも、そこばくの学用品を風呂敷につつんで、県道をよこぎり、下の集落に降りたことがある。トヨの経験は一度だけだが、大人たちは幾度か憶えがあると言っていた。明治時代、あるいはその前からかもしれない。そのせいか、県道から山手にかけての家々が、昭和になってから十年ほどをかけて、道路をよこぎって海側に下りてしまった。あとに家が建つとは誰も予想しなかった。

そこに戦争のあと、トヨの夫の宗次郎が家を建てたのである。それを見て、やはり土地者(しまんちゅ)ではないと陰口をたたく者がいた。稜線の地質がクチャで、それが変わらないかぎりいつ山崩れがあるか知れないからである。宗次郎はその心配をせずに家を建てた。

宗次郎はいわば余所者(よそもの)だったが、この集落にまぎれこんだのには、因縁がある。二十歳(はたち)前から南洋に出稼ぎに出たが、戦後に引き揚げてくると、まっすぐこの集落に来て、その顔をいきなり異母兄とみなしてきた宗栄に見せ、名乗って驚かせた。戦前から村会議員をしてきた宗栄にとって、ほとんど忘れていたような異母弟であった。家は代々村の素封家であったせいか、宗栄の父が那覇の辻町遊郭の女に生ませたとかで、宗栄はその母のことを知らず、宗次郎にも少年のころ一度会っただけだ。それが忘れたころ突然あらわれた。とはいえ、戦争をしのいで生きていることを証立(あかしだ)てたわけで、ただひとりの身内としてこの引揚者の面倒を見ないではおれなかった。五十に近いというのに独身なので、とりあえず嫁をとトヨを世話した。これも戦争で連れ合いと子をなくしていたからであるが、さらにもうひとつの好都合は土地であった。近隣の村では、戦後処理としての土地所有権のあらたな設定はすんでいて、いまさら相続の分けようもなかったが、幸か不幸か、トヨの実家が戦争で全滅して、その財産がトヨの相続になっていた。嫁といい土地といい、宗次郎のための宗栄の才覚であったといってよい。

トヨの持参した土地に宗次郎は家を建てた。そこまではまず、戦後の孤独な引揚者としては恵まれたほうであった。

県道から西側の稜線へいたる土地が禿と呼ばれているのは、そこの土質がクチャで痩せているからであったが、住宅を一軒構えるには差し支えなかった。戦争で荒れた土地が六百余坪あって、そこを整えた上で家を建て、残りに甘蔗と甘藷と野菜を植えた。その一部分に二十年をへて宗次郎が亡くなったあと墓を建て、またのちに村営の廃車捨て場が造られた。廃車捨て場の貸料がいま、家族三人の生活費の足しになっている。が、いま思うと息子の宗俊の事故も孫のバイク事故も、それにつながるのか。

たった一人の、父親の顔を知らない孫に思いがけなく降りかかった事故が、この家の由来のすべてにつながる気さえして、トヨは光子について巫女へ行こうか、という気にもなるが、思いが先走るのをいまは抑えて、光子の帰りを待った。禿の一軒家の寂しさが、いよいよ極まる思いだ。

裏の下屋でバイクが消えているのを確かめ、ヒンプンのアカバナーを見たあと、客間を兼ねた仏間に来て、仏壇に線香をあげ、宗次郎と宗俊の徴の赤い位牌を眺めて祈った。ここに宗雄の徴が加わりませんように……。

何本かの線香が燃え尽きようとするところへ、光子が帰ってきた。宗雄の命は病院で一時間とちょっとしかもたなかった。遺体は解剖に付されるというので、やむを得ず病院の人からタクシー賃を借りてひとりで帰ってきた。

「起きていたのねえ?」

「眠れるわけないだろう」

「事故だと分かっていたのねえ?」

「分からなくてもさあ」

なにかあるというだけでよい、とトヨはひとり合点のことを言った。

光子は手短に病院での様子を報告して、

「バイクを持たすから」

間にあわない愚痴だと知りながら、つい言う。トヨは燃え尽きた線香をさらに継ぎ足して拝んだあと、

「解剖するって？」

「そうって」

解剖については、いまさき言ったばかりだから、繰り返しになっていささかうんざりしながらも、祖母らしい動揺のせいだとは察する。

深夜、暦の日付はとっくに改まっている。六畳しかない座敷がとたんに広くなった感じだ。日ごろ食事もそこでしているが、明日から——いや、今日からか、宗雄が欠け、おとなの女二人だけになるのか。光子は思いたって雨戸の隙間からまた覗いてみた。ヒンプンに宗雄の面影は立たない。アカバナーの群れが月光を浴びているだけで動かないのはけしからんと、誰かに不満をぶつけたかった。

家族に死者が出たあと初七日(はちなんか)までは、嵐が吹き荒れたあとのような一週間だ。解剖をされたあとの遺体をひきとり火葬をすませるまでに三日、その間をふくめて毎朝の墓参りがつづく。

ただ、この家の墓参りへの思いというのが一通りのものでない。いきさつは光

子が知るようになる五年ほど前にさかのぼる。

初代が分家をした宗次郎だから、それが亡くなったときに墓を仕立てる必要があったわけだが、ひとしきり悶着があったのは、本家との間柄のことだ。

大阪で万博のあった年であったか。

宗次郎の墓を本家の亀甲墓に隣りあわせて造ることが当然許されるものと、トヨは思いこんでいた。稜線の下にある墓地は濃い雑木林で三百坪もあるから、当然そこに造ってよいと言ってもらえそうであった。先代の宗栄が宗次郎へみせた心遣いのほどを思いだしての期待である。ところが、宗栄の跡をついだ宗哲が、巫女を買うからすこし待て、と言った。トヨは不満だった。家族に死者が出て巫女を買う人は珍しくないが、このさいは自分への当てつけに見えた。世間に学のある人ほど巫女を嫌う。宗哲はこの集落でただ一人の大学出で、しかも年が三十に満たないから、その類かと思ったが、違うのか。いやこれは自分への嫌がらせであるに違いない、と勘繰った。頭の片隅に、宗次郎が腹違いの子だという僻みがあるのはたしかだ。

宗哲からわざわざ呼び出されて、巫女の判じについて伝えられたのは、三日後のことである。

「宗次郎はこの家の血筋を引かない」

墓にも財産にも、相続にあたって配慮しなければならない、と出た。聞いたとき、宗哲が嘘（うそ）をついたのかと思った。が、そうではないことを翌日巫女にたしかめて知り、トヨは途方にくれた。

宗哲は断言した。

「宗次郎の家系の墓を本家の墓地には造らせない」

宗哲の顔の色が沖縄離れして白いのを、日ごろ不思議に思っているが、これは不思議でもないかと思いなおした。

本家の墓地は三百坪はあるので、大きな亀甲墓とならべて造れば兄弟として格好がつく、とトヨは考えたが、それが蹴躓（けつまず）いた。

宗栄の父親の軽はずみな遊びの余波で、血縁のないはずの子を財産目当てにおしつけられたかどうかということを、七十年後のいまごろあげつらっても仕方がなかった。結婚したてのころの思いでは、この家が禿に立ち尽くしているように、宗次郎の位牌も、腹違いということで、いずれはこの家系にあいまいな顔で立ち尽くすのか、ということであったが、その不確かな期待さえ二十年あまりたってから覆したのが、この判じである。腹違いすらも拒まれたのである。

宗次郎の四十九日(しんじゅうくにち)の法事をすませたあと、トヨはまた宗哲に会った。

「せっかくの次男だしねえ」

膝にそろえた十本の指に力をこめて訴えた。叔母甥(おばおい)の間柄のつもりであるから、叔母のほうが謙る(へりくだる)には当たらないし、これまでも過剰な遠慮はしないできた。このさいはしかし、敬語こそ努めて避けたが、体もこころも小さく硬くなっていた。「血筋を引かない」という巫女の判じは恐ろしくひびいた。ただ、ここは引きさがれないと思った。のちに嫁にもらった光子ほどには、巫女に盲従する気がない。無一文同様で南洋から引き揚げた男へトヨを娶(めあ)わせたのは、宗哲の父の宗栄である。そのときトヨの頭にあったのは、自分の実家だってこの家に蔑まれないほどの財産はあったのだという自負であった。だから、この家の血筋を引いている人なら遊女の子であろうとかまわないし、その血筋については、巫女がどう妨げようと、宗栄が宗次郎を迎えたときの態度を思えば、十分に信ずるに足ろうというものではないか。トヨは宗栄のこころがまだ生きていると思いたかった。巫女よりは生き身のこころが先立つと信じた。が、その二十余年前の心遣いを、本家の跡継ぎの若い宗哲が思いやれなかった。

「もし家族に万一の事故があったら、誰かがこだわることになる。そのときに、いくら祈願を上げても間に合わないということになりかねない」

まわりくどい言いかたながら説得力があった。先代の宗栄のこころはすでに消えている。宗哲は那覇の火災保険会社に勤めているというが、説得力はそのせいかとトヨは余計な感心をした。

「うちの墓は大きくなくてもいいから……」

遠まわしに言ったつもりが、それに意外な答えが返ってきた。

「それはそうでしょう。本家の墓よりも大きい墓を造られては迷惑だ」

そんなつもりではない、と戸惑いながらも、救いの言葉をみつけた。本家と宗哲は言った。血筋を引かないと言いながら、本家、分家の関係だけは認めてくれたのかと、すこしは切り開かれた気になった。

ところが、つづけてこんどはそれを平気で覆すように、宗哲の眼にあきらかな蔑みの色がはしって、

「お宅の家に、すこし似合わんもんが一つありますね」

トヨの顔を嘗めまわすような眼で言った。宗哲の新妻がしずかにお茶と菓子をおいて退った。それへ宗哲が一瞥も与えないのを見ると、この家に宗栄もその妻ももはやいないことも思いあわされ、宗哲が不当に大きく見えてしまった。宗哲

の表情は叔母の顔を甥が仰ぎ見るという体(てい)のものではなかった。トヨがはじめて見る宗哲で、巫女の一件で幼いころからの親しみの気持ちが移ったのだろうか、と憶測していると、

「アカバナーのヒンプンさあ」

宗哲は敬語を捨てていた。

トヨの脳裏に、そのヒンプンが浮かんだ。

アメリカーたちも車のなかから感心して見上げるという。集落の人たちは、土砂崩れを避けて数十年をかけて国道の下へ移ったが、彼らが見上げて羨(うらや)むような蔑むような眼をしているのを、ときたま感じている。台風のあとに、花はどうかなどと揶揄(からか)うような挨拶を受けることがある。そのことを宗哲の嫌みは思わせた。

「下から見上げて……」

トヨは言いかけたが、首をまわして庭を見た。この家は、門をはいるとヒンプンがわりに母屋との間をかぎって築山がある。宗栄が山原(やんばる)から自然石を運ばせて造った。五か所ほどで削ってマッコーやツバキやツツジの植木鉢をおいてあるのが、客間から表間口をとおして眺められる。いかにも金銭臭(じんかじゃ)しているように見えるが、そのなかにアカバナーがないことに、トヨはいまさらのように気づいた。

わが家のヒンプンに年中アカバナーが咲くのに及ばない。そのことをあらためて思い、膝においてそろえた指の力を抜いた。

「………」

あることを言いさしてやめた。そのアカバナーを、この国道の下の集落にある本家の屋敷から宗哲が見上げて羨ましいか、と言おうとして思いなおし、こんどは不愉快かと言おうとした。が、それも嫌みかと思い、それだけ言ったからとて何になるものでもない、と思いかさねて言葉をひっこめた。

すくなくともアカバナーで誇りを保つことができる、と思いさだめた。それが気休めになった。宗哲が宗次郎を分家と認めたがらず、墓の隣りあわせを嫌っていることを、なかば諦めて諾う気になった。

さいわい家の南側に六百坪の畑があるので、その一部をつぶして墓を建てた。家から十亀甲墓とまではいかないが、小さな破風にしてなんとか格好がついた。家から十数メートルというのは近すぎるかとも見えるが、仕方がなかった。

ひとり息子の宗俊の嫁に、北へ一キロ離れた集落から光子をもらったのは、それから五年をへて海洋博で世間が騒いでいる年であった。宗俊も光子も二十五歳。宗俊は高校を出たあと大工になっていたが、学校現場で働いているとき、そこの用務員をしている光子と知り合った。光子は結婚してこの家にはいると、家事もよくこなして、トヨの気に入られた。ところが、ひとつだけ意外なところを見せた。嫁に来てまもなく、「この墓の場所はこれでいいのかね」と言ったのが最初であった。そのうち次第に見えてきたのが、巫女好きだということである。トヨはその頑固さをおいおい知った。

光子の実家は北へ一キロ離れた集落だが、そこの母親が巫女好きで、光子は子供のときから母親に従いて巫女に親しんでいたのだ。息子の宗雄が生まれたとき、初歩き(はちあっちー)は赤ん坊を抱いて巫女を訪ねることにした。実家へ行くべきではないかとトヨは言ったが、それに答えた。「お母さんが巫女には行ったかと問うはずよ」初歩きが赤ん坊の体(からた)健康を願ってのことなら、まず巫女を頼らなくては、ということであった。とはいえ、本当の巫女信心は宗雄の父親の宗俊の事故死にはじまったといってよい。光子はそのころまではまだそれほどの信心に染まってはいなかったが、事故のあと実家の母から信心がわるいからでないかと言われたことが身にしみた。幼いころからの淡い馴染(なじ)みが急速に濃くなった。そのあと、宗雄が学校にあがるすこし前のことであったが、風邪(かぜ)をこじらせて気管支炎になったときも巫女を頼り、同時に医者にもかかったのだが、治ると巫女のおかげだと信じた。トヨはそれに何も言えない。この信心は説得の効かないものだと、トヨが悟るようになった。宗雄は十二年も待ってようやく授かった子であるだけに、その健康への光子の拘(こだわ)りは並みのものではなかろうと、トヨは自分の拘りをさしおいて同情したものだ。

光子が宗雄の事故の知らせを受けて出かけたとき、トヨはある感動を受けるかたわらで、ある引っかかりを覚えた。光子がいちはやく事故を察したらしい様子に感動しながら、これからさきいよいよ巫女に頼ることになるのではないか、と気をまわしたのである。

はたして光子は、事故のあった翌日に、ヒンプンから摘んだアカバナーを束にして墓にもって行き、泡盛とともに捧(ささ)げ、線香を上げて拝んだあと、いかにも物思わしげな眼であたりを眺めまわした。宗次郎のために墓を建てたのは、光子が知らなかったころのことだが、それがいまになって宗雄の凶運をよんだか、という感慨にふけった。本家の墓の隣を断られたので、自分の土地を選んだつもりだが、その隣に廃車捨て場ができた。また、住宅からの距離が近いのはともかく、その方位に難がありはしないか。

初七日までの毎朝、墓参りのつど光子はそれを言い、トヨはあいまいな顔で頷いた。

あらためて墓の背後に見える廃車の群れが目障りになった。大きさも色合いもさまざまな、また壊れかたもさまざまな車のなかに、宗雄のバイクの残骸が加わっている。国道傍ではじめて見たときの壊れかたが変わってないのも、当然といえば当然だが、それにひどく貶められた気がする。そのせいで命を落としたかと思うと、たった十万円とは思えないほどの悔しさに、身をちぎられる思いだ。いまは、そこを吹きぬけてくる風さえもが、凶風ではないかと疑わしくなる。供えたアカバナーがその凶風に抗ってくれるか。

その光子の思いにトヨの察しが届き、二人の思いがほぼ寄り添っているうち、初七日の朝の拝みを終えたとき、光子の声が突如トヨの脳天をつらぬいた。

「アリ、お母……」

ひとつ発見をしたのである。「山崩れがこの先、アネ、あそこ」

右腕をまっすぐ伸ばして人差し指をさす。なるほど、日ごろ気がつかなかったが、六十年前か七十年前かの山崩れが、眼路を遠く墓と廃車捨て場をつないだ線のかなたに見える。墓にとってこの立地はやはり凶相ではないのか。

頭をめぐらして住宅やヒンプンや海を眺め、そこに何の障りもなさそうな様子に照らして、やはり反対側は凶相だということか。なぜこんな場所に墓を建てたか。宗雄はこれに災いされたのではないか……。

「巫女に行ってくる」

初七日をすませると光子は言った。

「まだ日うちだよ」

トヨが眉根をよせた。四十九日までは慎み深くと言外にふくめた。

「でも、ちょうど暇さあ」

「宗雄にすまないでない？」

「我慢しているのが、むしろすまないさあ」

トヨには我慢しているという気持ちはないが、光子にしてみればそういうこともあるかと、トヨは見送った。

「やっぱり方位がわるいって」

光子は帰ると自信ありげに言った。

トヨは覚悟していたとばかりに大きく頷き、

「でも……」

と、頭は意外とよくめぐり、「この村は東が海で西が山になっているから、墓はだいたい西になっていてよいが、西海岸の村々のほうではどうなるのかねえ」

「墓と住宅が三百メートル離れていれば方位はどうでもいいって」

するとと、西海岸では家からまっすぐ山手にではなく、斜めに構えればよいことになる、という安心の理屈は当然のこととして、

「昔も三百メートルと言ったかねえ」

突飛なことを言ったのは、巫女の計算は旧式の尺貫法によるはずだ、という思いからだ。このさい何間（けん）または何町と言うべきか。

「アジャー。換算したんでない？」

いくらからの換算か、という問いも湧いたが、それは問うまい。どうせ適当な尺数を四捨五入で計算したのだろう。

「それなら、本家も四捨五入できたはず」

と飛躍するのへ、光子は分からないという顔をする。

「この家の血筋でないと言ったが、血筋などというのは、こころの血筋も考えてよいのではないか。それが四捨五入さあ」

「こころの血筋といったら？」

「本家のお父さんは、血筋のことを知っていなさったと思う。なのに、ここのお

父を迎え入れた。血筋を疑ったはずなのに、そういうそぶりを見せなかった。それはこころの血筋を知っていたからだと思う」

三十年前に宗哲と話したとき浮かんだことだが、そのときは言わず、いまはじめて光子に明かした。そこで、光子が納得の貌(かお)をするのへ、

「巫女にそのことを教えればよかったのに」

しかし、宗哲の意向は巫女の判じより先に決まっていたのかもしれない。

「本家の墓なら北西だからよかったはずだのにねえ」

方位の話は廃車捨て場に隣り合わせた墓について出たことである。本家の墓は血筋にからめて拒否されたのだから、いまさら方位の話をもちだしても仕方がないだろう。ただ、いまは血筋のことも方位のこともどうでもよく、ことは宗哲の言(い)い種(ぐさ)で「本家の家族にもしものことがあったら」とあったことに気を使うほかはなさそうだ、と考えて、そのことをゆっくり言ったつもりが、

「しかし、うちはひとり息子が死んだんだよ」

光子の語調がいきなり尖(とが)った。本家ではそれと違って、まだ災いがあるとは決まっていないんでない？　と言いかさねた。是が非でもお父の骨を本家の墓に入れてもらわないと……。

いつのまにかトヨの遠慮を跳びこしている。その思いの深さをトヨが測りきろうと、いそいで胸に息をためているうち、光子はある企てをその胸に芽吹かせていた。

五七日を三日後にひかえた日に、光子はまた巫女を買った。別の巫女であった。それが当たったと、帰ってトヨに報告した。

「先祖正しが間違っているって」

トヨが震えるような顔をするのへ、先祖とは宗次郎のことで、正しとは納骨のことだと付け加えた。宗次郎は間違いなく宗栄の腹違いの弟で、それだからその骨は宗栄とおなじ墓に入るべきだと、こんどの巫女は言った。

「でも、前の巫女の判じでは……」

トヨが質す顔をするのへ、

「巫女も進歩したんでない？」

巫女にも進歩といってあるかと、トヨがまだこだわるのへ、こんどの巫女は三十代だと言い、

「間違いないと思うよ……」

と、自信ありげに位牌を見上げる様子に、トヨは眼をかがやかした。自分がひ

そかに望んでいたことを保証されたと、じつは無理かもしれない安堵をした。

「でなければ、宗雄があんな事故を起こすはずはないさあ」

やはりこの家の由来が関わるのかと、あらためて光子に教えられる気がした。しかしはたして、その考えだけに囚われてよいか、と思案していると、

「それにだよ……」

まだあるのかと、眼をみひらいた。

「廃車捨て場さあねえ……」

ああと思いあたって頷いてみせると、「あれが家の傍にあるから、お父の骨を本家の墓に入れてもらえなかったんでないかねえ？」

トヨは今度は返す言葉をうしなった。何をどこから拾ってくれば、このような言葉が出てくるわけ？

「まさか。あれは墓を造ったあとからできたものだよ」

「それが出来るよと、はじめから決まっていたというわけさあ」

「墓を造る前にか？」

「そうさあ。本家の墓を断られたときさあ」

トヨは参った。というより感心した。光子は嫁に来て出会った不運を嘆くあま

りに、嫁に来る前に決まっていたこの家の運命に、先まわりして難癖をつけようとしている。しかし、それで落ちた運を引きあげることが出来るものでもあるまい。――と諦めようとしたが、驚いて踏みとどまったのは、光子の目に涙が光っているのを見たからだ。

「そのせいで、バイクをいつまでも眺めつづけなければならないさねえ」

光子が声さえ詰まらせる。

光子の悔しさと嘆きの深みをようやく知る思いを、トヨはして、胸のなかでもらい泣きをした。

「でも、出来たものは仕方がないしねえ」

村営の廃車捨て場をいまさら勝手に移しようもない、と諦める気になる。自分たちが引っ越すほかはないとすれば、それがいつになることか。

本当は自分のほうこそ、三十年来の責任を思わなければならないのだ、と反省する。

「でも……」

光子は涙をぬぐって、「出来ることがあるわけさあ」

それは、やはり宗次郎の骨を本家の墓に移すことだと、言いつのった。

トヨに驚く隙をあたえず、五七日(いちなんか)を終えたかと思うと、宗哲の前にあらわれた。

「この悲しみを逃れるには、うちのお父の骨を本家の墓に納めていただくほかはありません」

光子は堂々と願いあげた。

八畳もある客間の造作が眩(まぶ)しかった。床の間の掛け軸に赤い鯉(こい)が二匹泳いでいた。その右手に一間幅の仏壇があって、そこに安置された真っ赤な位牌が、まるで威張っている。そのなかに何代かの先祖(ぐわんす)の末に祀(まつ)られているはずの宗栄の霊(まぶい)に、助けてくださいとお願いしたい思いがある。本家の誰にも障りを及ぼさない範囲で、分家の宗雄の霊を安んじることを訴えたい。

「馬鹿か……」

宗哲は保険会社を部長で定年退職したところだが、その貫禄(かんろく)にかけて相手にしない顔をした。「いいか。お前は嫁に来る前のことだから知るまいが、三十年前に巫女の判じで宗次郎が血筋を引かないとあった話を、お前のお母は納得したのだ」

「お母も合点はしましたが、納得はしませんでした……と思います」

その逃げ口上は苦しい、と宗哲は眼で告げる。

「では、宗俊や宗雄の骨はどうする？　それもうちの墓にということか」

「それはまた考えます。今の話はお父の骨だけです。巫女はそう言っています」

「親子が別々といってもあるか」

「では、一緒にしてもいいですか」

そういうわけではない、と宗哲は苛立つ。宗次郎の骨の話を分かりやすくするためにに、ついでに宗俊や宗雄のことを出したのであって、それを中心にしてもらっては困る、と理をつくそうとするが、もともと光子が理をつくす顔をしながら、本音は理を抜きにしているので、始末に困った。

「だいたいなあ……」

やはり理屈で攻めるほかはないと、宗哲は唇をいったん引き締めた上で、「中学生がバイクを、それも無免許で運転したために事故をおこして死んだ。それだから、お父の骨を本家の墓に納めてくれと言うのは、筋が違うと思わぬか。それに、もう済んだことだし」

「なにが済んだことですか」

「宗雄のことさあ」

宗哲にとっては、いまさら宗次郎の骨の納めかたを改めたところで、死んだ宗雄が生き返るものでもない、という理屈を伝えたい。ところが光子は、宗雄が後生で浮かばれないのではないか、という怖れに囚われている。それに宗哲には言わないが、夫の宗俊のときに遅ればせにでも先祖正しをしていたら、こんどの事故は防げたのではないか、とも思いいたって返らぬ悔いをもてあました。

「済んだことでないです」

「なに？」

「本家に障りがあったらどうしますか」

思いついて本家を脅す気になった。

宗哲はこんどは相槌をうたずに、ひたすら光子の顔をながめる。どこでどう話が食い違ったか。宗雄のことは済んだという前提に立たないと、話が進まないと思ったのだが。

「責任は無免許の息子にバイクを買ってやった親のほうにある。その責任を本家に――ではない、うちに持ってくるのは筋違いというものだ」

親ではない、祖母だと反論しようとして、光子は思わぬ障碍に気づいた。親や祖母どころか――宗哲が本家と言おうとして、咄嗟にうちと言いなおした。そのほうが大変なことではないか。本家、分家の関係をはるか彼方に放り出された。

これまでの戦いが、出発からしてまったく無かったことにされようとしている。いや、宗哲のなかではすでにそうなっている。いま戦っている自分の営みは、すべて無意味だということではないか。小さな言葉ひとつの訂正だが、その意味は大きい。光子はようやくあらためて絶望に瀕(ひん)した。

無理みたい、とあからさまに言わないが、光子がなかば諦めかけていることを、トヨが覚り、この上は打つ手もないような気になっているところへ、四十九日になった。

人が死んで七日ごとの法事が七回もあるのは、その振舞いの料理の支度などの煩わしさにかまけているうちに憂さを忘れるのだと、初七日だけに来てもらった初老の坊さんが話してくれた。

「それはたしかにそうですね」

と、同席した宗哲がいかにも納得という顔で相槌をうったとき、トヨと光子は二人とも台所に立ったまま、はからずも顔を見合わせて、気持ちを通じあった。宗哲とともに相槌を打ちたい思いと、反対したい思いが半々であった。憂さを忘れたのは半分だけだと思っている。夏休みにふさわしい汗が噴きでる。

昼下がりから客が集まりはじめた。七、八人あつまったところで、宗雄の担任の先生が来た。事故のあとはじめて来る。担任は学生時代にラグビーをしていたとかで体格のよい胸板を小さな祭壇にむけた。「宗雄」なんとかと墨書された白位牌がまだ仏壇へあがらず仏壇の手前で卓袱台に白布をかけて安置されたのへ、線香と香典をそなえ手をあわせたあとで、あらためてトヨと光子との間に向けて神妙に頭をさげると、梅雨明け早々に一か月の研修旅行に出たものだから遅れまして、という挨拶を、二人へ同時に向けるようにした。それから、バイクを買っていることを知らなくて、と付け加えた。

「私が買ってやったものでして」

トヨが言うと、その簡単着の袖を光子がひいた。それから台所で二人きりになったとき、ああいうことを言わなくてもいいでしょう、と愚痴った。だって私の責任だのにと、トヨは悪びれなかった。先生には責任がないと言ったつもりである。もちろん先生に責任はないでしょう。だから、何も言わなくていいわけさあ、と光子は念をおし、トヨが答えようとするのをおさえて、いいから、お母は何も言いなさんなよ、とまた念をおした。

「それに宗哲さんもいるから、気をつけないと」

要らぬ荒立てを起こしてもまずいのではないかと言い、これにはトヨも頷いた。坊さんが言うところの振舞い料理も、このような農村の当節の世間並みは、料理などというものでなく駄菓子の程度である。が、トヨの意見で初七日いらい和菓子のたぐいをひとつ加えた。初七日に餡餅（あんもち）、三七日（みなんか）に最中（もなか）、五七日にゼリーを添えた。光子が隣の集落にあるスーパーまででかけて買ってきた。

「水羊羹（みずようかん）を買ってきて」

四十九日にトヨは光子に注文を出した。

「なんねえ、それ？」

光子は水羊羹を知らなかった。

トヨが得意そうに教えるのに、光子はこだわった。どこで仕入れた知識かと、買って帰ってから訊いた。

「去年だったかねえ、宗雄から習ったさあ……」

トヨは光子のこだわりに気がつかない。

昨年の秋口だった。光子が集落の婦人会の遠足ででかけて、トヨと宗雄だけで食事をしたとき、宗雄が言いだして水羊羹を買い、パンとそれだけで昼飯にした。

「へええ、知らなかったさあ」

光子は大袈裟(おおげさ)な受け答えをした。宗雄にかかわって自分の知らないことをトヨが知っているのか、という含みがあった。

「懐かしいなあ」

担任はレモン色のさわやかな水羊羹を見ると、法事には不似合いなほど相好をくずして活発に話した。昨年の夏休みのある日、彼が日直をしていると生徒が数人で遊びにきた。そのとき彼が小遣いをはたき、水羊羹を買わせてみんなで食べた。そのときの買いもののお使いをつとめたのが宗雄であった。そのことをいままで忘れていたのに、と付け加えたとき、光子はまたひとつ宗雄について知らなかったことに気づかされたと思った。

この間に宗哲は、水羊羹とこの家との取りあわせが不自然だという顔で、トヨと白位牌とヒンプンを見比べていた。その顔をトヨは見て、憂さを半分だけ忘れた頭で思った。宗哲が初七日に来たのに、三七日、五七日は欠けたにしても、四十九日にまた来たのは、やはり分家を認めて尊重しているということか――これは光子の絶望をよそに、かすかな期待をとりもどしたものといえた。

「先生は……」

宗雄がバイクを持っていたことをどう思いますか、と光子が訊いた。ひそかに

水羊羹に仕返しをする気がなかったとはいえない。担任はすこし怯む顔をしたが、

「このごろの中学生としては珍しくないのではないですか」と、それこそ教師としては珍しくないことを言った。これに宗哲が傍で、賛成してよいかどうか迷う、というように複雑な眼をした。他の十人近い客には、担任より光子に興味をもつ顔が多かった。

「珍しくないんですか」

と、光子はあからさまに不合点の顔をした。

「まあ、しかし……」

担任は、こんどは無理に格好つける風に、「廃車捨て場ですか。お宅の傍にある。あれはいかんのじゃないですかね」

「いかんって?」

「はい。なんというか……」

意外な反問をいささか受けそこなう顔で、「申し上げにくいのですが、なんだか、似合いすぎるというか……いや、家とではないですよ。バイクとです。だから事故が起きたという気がして」

「はい。まっすぐ向こうに山崩れが見えるのです」

「山崩れですか」

こんどは勢いあまって打っ遣られたという眼をした。

それを宗哲がとらえて、

「あの廃車捨て場に捨ててあるのか、バイクは？」

これは担任への助け舟半分という顔である。

「はい」

光子があっさりと答えながら、宗哲がかさねて何を言いだすかという警戒をあらわにした。

「宗哲さんよ……」

トヨが傍から水をさすように、「廃車捨て場を引き揚げるように役場にお願いしたいのだが、あなたから言ってくれないかね」

「そうだなあ……」

宗哲はまともに応じて、「あれがあると、あなたも思いだして辛いだろうなあ」

最近にしては最もまともな応対を宗哲はしたと言えるだろうと、光子は思って、トヨの顔を見た。そのとき、宗哲がまたかさねた。

「まったく犬死にだからなあ」

トヨの声がいきなり甲高くひびいて、眼がすわり、表情があきらかにひきつった。白位牌を引き立てている灯明がその瞬間に消えたとしても不思議でないくらいの響きがあって、一座の空気がとたんに冷えた。

「保険は下りますか」

担任であった。

「下りませんよ。だから犬死にですよ」

火災保険会社を部長で定年退職した宗哲が、いかにも誇るようにみえた。その表情が動かない。かろうじて冷笑を慎んでいる、とおぼしい眼と唇だ。

それを力ずくで動かそうとでもするように、トヨの頬がぴくついた。声をひきしめるように、

「宗雄が……犬死にといったら……」

「無駄死にということさ」

「保険が下りないから、ということか」

「それもあるが、それだけではないだろう」

「ほかに……?」

「犬死に……?」

重ねようとするのを、光子が袖をひいて止めた。が、それを振りきり、このさい巫女などはどうでもよいと肚をきめた。

「死ぬのに、犬死にも豚死にもあるか……」

トヨの声がつぃかすれる。それだけにつよく切なくひびいた。「ただ、可哀相な死にかたとトゥクットゥなった（満足した）死にかたがあるだけでないか」

ヒンプンのアカバナーが総揺れしたように光子は見た。

すっかりしらけた四十九日の法事になって、まもなく座は散じた。その後に来た人たちが、なにも知らない顔で拝んで帰るのを見て、トヨは自分が間違っているのかと省みる瞬間はあったが、宗雄の白位牌とアカバナーを見くらべて、宗雄の霊のためにここはいまの思いを貫くことだ、と肚をすえた。

光子は夕刻にアカバナーの色も薄れゆくのを眺めながら、その胸にふとある思いを浮かべた。宗雄のバイクに石垣を当てられた墓の主が、苦情も拝みももってこないな、ということである。石垣の損傷にそれほどのことはなく、親戚でもないし余所の集落の家だから当然といえば当然ながら、巫女事や苦情を免れた安心というより、宗雄の後生を見捨てられたのではないか、という思いのほうが強かった。すると、これまで思いもよらなかった見捨てられるという怖れが、急速にふくれあがってきた。余所の集落はともかく、自分の集落だ。四十九日を境に宗雄の霊が浮かび上がるというのなら当然のことだが、それが逆になりはしないか。トヨの不満や今日たたきつけたあからさまな苦情のせいで、本家どころか集落の人たちからはじき出されることになると、どうだろう。それこそ犬死にがあからさまなことになりかねない。

夜になって光子がまともにそれを意見すると、トヨは言った。

「いいや、あれだけ言わないと、かえって馬鹿にされるよ」

そしてトヨの興奮はなおつづいた。宗哲が四十九日に来てくれたことを有難く思ったのに、思わなければよかったさあ、とも言った。

言いながら内心で、そのことを宗哲の顔に叩きつけてやればよかったか、と思った。

が、まもなくその思いをひるがえしたのは、翌日になってあることを思いついたからである。

翌日の朝はやく、トヨは本家に宗哲を訪ねた。宗哲は那覇へ出かけたとかで留守だったので、夜になってまた訪ねた。

「このさいどうしても、お父の骨を本家の墓に葬ってもらわなければ」

宗雄の骨のことまでは、いまは言わない。お父の骨で宗雄の分まで安んじられると思う、と付け加えながら、仏壇で見守っている先祖代々の位牌の赤ら顔（あかじらー）と宗哲のつきあいにくい白い顔を半々に見た。

「本家ではないかも知れないというのに」

宗哲は宗次郎も宗雄もいまは思いの外におき、もっと根本的に自分のあらたな立場を作ろうと焦る。

「無理しなくてもいいさあ……」

トヨがいきなり水をかけるような言いかたをした。「わざわざ四十九日まで拝んでくれたのは、嬉しかったさあ。やはり本家だなあと思って」

「あれは集落内（むらうち）だからであって。四十九日で終わりだなあと思って」

「では、犬死にという言葉だけを、取り消してくれないかね」

トヨは怒りをこらえて必死に話の捗口（はかぐち）を探っていた。感謝の言葉も打ち消されてみれば、そのあとの恨み言がやはり目立ってしまうのは、やむを得ないが。

「それは取り消せと言われれば……たしかに言いかたが悪かったと謝りますが」

宗哲がようやく後手にまわりながらも、なんとか切り抜ける気配をみせた。

「廃車捨て場は、やはり縁起がわるいんじゃないですかね……」

ひさしぶりに敬語が戻って、「たぶん巫女もそう言うと思いますよ。光子はまだそのことを巫女に伺ったことはないんですか」

「光子は、廃車捨て場の向こうに山崩れが見えるとだけ、言いよったさあ」

「山崩れですか」

「しかし、ヒンプンがそれを救うと言っていた」

言いながら、これはすこし違ったかと反省した。しかし……いや、やはりそれに違いない、とまた考えなおした。それはなんとなく背後の縁の外に座っている築山をふりかえって見てからのことだった。築山は座敷から漏れる電灯の明かりに浮かんで見えたが、そこにはやはりアカバナーはなかった。初夏に咲くツツジの木はあったが、いま咲いているはずはなく、年中咲くアカバナーは見えない。ここに咲いてたまるか、と思った。

宗雄にバイクを買ってやったのは、世間なみにいえば間違っているかもしれない。しかしそれが犬死にを招いたと言われたくはない。バイクは壊れたらそれまでで、廃車捨て場に放り出されても仕方はないが、宗雄の霊はもうバイクを離れているはずだ。それが犬死にと呼ばれてよいものか。光子は廃車捨て場と山崩れを結びつけて、巫女の判じのままに諦めるかもしれないが、私は諦めない。廃車捨て場も山崩れも、お父と宗雄の骨が本家の墓に納められることで、その不運を切り抜けることができると信じたい。そして、その霊の後生極楽も確かなものになるのではないか。それにはやはり、犬死にでないと認められることが先だ。だって、すべては生き身の上のことだもの。こうなっては、お父が造ったアカバナーのヒンプンに宗雄の面影が消えることはないのではないか。その面影のために、まだまだ戦わなければならないか……と思案しているうち、

「お母、もういいでない？」

光子が縁先に姿をみせた。

光子は、トヨが本家と宗哲のことを諦めていたはずなのに四十九日になって豹変（ひょうへん）した、その様子におどろき、宗哲とのあいだにあらためてどういう話し合いがもたれるか気になったので、国道の横断歩道を渡るのももどかしい思いで来たのだが、足音をしのばせて門をはいり、戸袋のかげにかくれてこっそり聞いていると、つい縁先に姿をあらわして口を出さずにはおれなくなった。それは宗哲を助けるつもりであったのか、トヨをこれ以上耐えられない気持ちに追いつめたくない思いからであるのか、自分でも分からなくなっている。ただ、いまのトヨの言い分は宗哲にはなおさら不可解なことで、問題はいよいよ袋小路（ちびかたまやー）になるに違

いない、という予感にとらわれ、これはまた巫女を買わなければならないか、と思いめぐらした。さて、こんどはどこの巫女にしようか……。

# エントゥリアム

ハワイ島ヒロ市の空港に、ヒガさんは出迎えてくれた。三週間前にローマ字で手紙をくれた人だ。

「タマキ・ゼンショーさんのご家族が、いますぐに来ることを願います」と、おかしな日本語だが、それだけに母と私と妻を衝撃した。

「病気かしらんね」

ヒガさんの手紙のかぎりでは分からない。「トモダチデス　タマキサンハ　ビョウインニ　イマス」とだけある。ヒガさんという人のことも、トモダチとだけあって、それ以上のことは見えない。

母は手紙をみつめて呟くように、

「病気でなくても、なにしろ九十二だからね」

祖父のゼンショウは明治の終わりごろに二十歳でハワイに移民し、渡航して五年目に呼び寄せで妻を娶ったが、息子が生まれて二歳か三歳かのうちに、妻と息子を沖縄へ帰らせた。それから一度も帰省していない。年賀状を送っても返事がない。私の妻は村役場に勤めているが、役場に移民の名簿があって、それに祖父の名が出ていない、と気にした。村にはたまにハワイを訪ねる人がいるが、祖父の名を聞いたことがあるようなないような、という程度のことだ。死んだか生きているか、という疑いだけが宙に浮く感じもある。

そこでヒガさんの手紙が奇妙な現実味を帯びてきた。それにしても、このヒガという人とはどういう関係だろうか、という関心を私たちは当然もったが、ローマ字の手紙では、あたかも宵闇のなかに人の顔を見るようで、感情が読みとりにくい。仕方がないから、「よほどのことだろう、とにかく行ってみることだ」というので、勤めをもたず野良仕事もない写真家の私が出かけることになった。

「お祖父さんを引き揚げさせるんだよ」

野良を一手にひきうけている母は、それしかないという顔で言った。

「抹殺されていない証拠を見つけてくる」

と、私はきざなことを言って、でかけてきた。

ターミナルビルはこぢんまりと明るい色で風通しがよく、旅客の数のわりに静かであった。ヒガさんは、私がTAMAKIというローマ字を思い浮かべながらプラカードを探している眼の前に、軍鶏のような細身のからだをぬっと現わし、声をかけてくれた。

「タマキさんによう似た人だけえのう」

沖縄移民は日本語として広島弁を教えられた——というより知らず知らず馴染んだ、と聞いたとおりであった。一世か二世か判じがたい感じの若い老人で、色が浅黒く頭髪は半白である。長身にまとった、少々厚めのアロハシャツがハイビスカスの柄で、ちょうどターミナルビルの入口にハイビスカスが咲き誇っているので、すこしおかしかった。

「祖父は……」

と言いかけて、「私のおじいさんは?」と言いなおした。祖父に出迎えてほしいというわけではなく、病院か自宅かと問うつもりであった。

「マンテンビューですか」

言葉をつないだ。手紙の住所にそうあった。マンテンビューとは山の上だと、ハワイを知る人に聞いてきた。そこに祖父の家も病院もあるのか。

「病院はヒロえ。タマキさんのハウスはマウンテンヴュー」

正確な発音で言い、ホテルへ行こうか病院へ行こうかと訊(き)くのへ、さきに家を見たいと答えた。祖父が留守にしている家でもまず見ておくことが、病院へ見舞っての対応もしやすかろう。写真家の性(さが)というものか。

ヒガさんが頷きもせず、古い大きなフォードの助手席に私を乗せると、ヒロ市に予約した瀟洒(しょうしゃ)なホテルを指さすだけでそのまま見捨て、榕樹(バンヤン)の巨木の並木道をぬけて、一路高原へ駆った。

車の少ない舗装道路をうねりうねり登って、マンテンビュー——いや、マウンテンヴューの集落につく。

木造二階建ての農家らしい住宅が立ち並んでいるが、どの屋敷もひろく、ハイビスカスやバナナや鳳凰木(ほうおうぼく)で囲まれ、なにより道路にガレージがひろびろと開かれているのが、やはりハワイの開拓地かと思わせた。人通りが少ないせいか、そう大きな集落とは思えない。三十戸ぐらいあるだろうか。

「エントゥリアムのう」

ヒガさんが運転の手を休めることもなく、いきなり言う。

「…………？」

私は顔をヒガさんへ向けるだけだ。

「タマキさんはエントゥリアムを、よう育てているえ」

そう言ったとき車は右折したが、そこから先は百メートルほどで家並みが切れ、農場に入るものと見える。

「ああ、アンスリウム」

私は日本語の発音で相槌をうった。

農場とはいえ、見た眼にはヘゴの林である。黒い幹はそれほど高くはなく、幹から八方へひろがった葉が夏の陽光をもさえぎり、暗くなった地面は雨を吸い込んでいる。雨の多い地方で、乾く間のない葉蔭がエントゥリアムの生育にはよいと、あとで聞いた。暗い葉蔭は果てのないように広く、その空間を真っ赤なハート型の花が無数に彩っている。

「このエントゥリアムえ……」

農場につくと、ヒガさんが車を降り立ち、右手で大きく水平に円を描いて農場をかすめとるような仕種をした。「これ、うちとタマキさんのもの」

私のなかに一挙にひろがる思いがあった。若いうちにハワイへ渡り、砂糖黍生産労働で苦労している、そのあげくの落魄というのが、祖父へのかねてからの想像であった。なにしろ、手紙もよこさず、沖縄へも帰ってこず七十年というのは、ただごとではない。しかし、違うのか。

「えっと苦労したけえのう」

ヒガさんの言いかたは、話をつづけたのか別の話かと疑わせるもので、調子の狂う感じである。

ヘゴの林の向こうに小さな一軒家があった。白く塗った壁にヘゴの幹が這(は)っている。あれがタマキさんのハウスだと、ヒガさんが指す。

「行ってみるか」

いえ、と私は頭を横にふり、かわりに望遠レンズで一枚撮った上で、もうすこし説明してくれないかな、と思った。

うちとタマキさんのものだ、と言うが、共同経営だというのか。そのうちのどれだけが祖父のものか。

〈祖父のものはほんの一握りだろう……〉

それを説明するのも、私をよんだ理由のひとつだろうと、なかば理解の糸口をつかんだつもりでいると、エントゥリアムの栽培をタマキさんは気に入っている、とヒガさんはひとりで頷(うなず)き、

「病院は明日にしない」

しないというのは、しなさいという意味の広島弁だと見当がつく。

「ミーのハウスで夕飯を食べて、泊まるといいけえ」

夕飯のことをユーバンと沖縄方言で言ったので、従う気になったのも、おかしな経緯ではあった。

「年寄りのクッキンだから、ご馳走はないがの」

ヒガさんは、妻を十五年前に喪い、娘は嫁いでカリフォルニアに住み、息子はホノルルにいると、追々聞いた。母親がかなりの年ながら家事を見ていて、二人だけの暮らしだとも。その親子の生活のなかに祖父への配慮がどのように入り込んできたか。

いま来た道を戻った。

「あれがヴォルキャノえ」

ヒガさんが右手の遠くを指す。この英語ははじめて聞くが、予習した知識とあわせて、キラウエアー火山のことだと見当がついた。標高一二〇〇メートル、活火山だが爆発がない、噴火ではどろどろと溶岩が根気よく流れて海にはいる、と参考書にあった。ここがその中腹で、そこの荒野を移民が開墾したということだろうか。マウンテンヴューという集落が、ほとんど沖縄からの移民で出来ているというが、そこの歴史のなかで祖父がどのように位置を占めているか、という興味もわく。火山の今を撮影することで、移民の歴史にまで迫ることができるだろうか、とふと考える。が、写真家として来たのではなく、祖父の様子を孫として見に来たのだ、と反省する。夕暮れが近い。足にかるく風がまつわりついた。すこし冷える。教えられて薄いジャージのセーターを着込んできたつもりだが、夏とは思えない冷たさである。

ヒガさんは、私を連れて家に帰ると、迎えに出たかなり年老いた母親に、「これ、タマキさん」とだけ言って、寝室に引っ込んだが、まもなくアロハシャツを着替えてきた。こんどはブルー系の抽象的な柄になっている。自分の家のなかだから簡素にきめてよさそうなものだが、私に敬意を払ってのことだと、まもなく分かった。

予約したヒロ市のホテルに電話をして、チェックインを一日遅らせる旨を伝えたあと、ようやく部屋のたたずまいを見まわした。古ぼけた灰色のソファと小豆色(あずきいろ)の塗りのところどころ剝げたテーブルのほか、目ぼしい調度品はないが、壁に家族の写真が掲げられているのが目立った。大きな卵型、こげ茶色の額縁におさまっている。セピア色で五十年ほど前のものか。ヒガさんらしい少年や弟妹がいて、父親もまだ働き盛りである。弟妹はいま本土にいると、あとで聞いた。

先客がいた。あらかじめヒガさんが呼んであったのだろう。かなり禿（は）げ上がって、ヒガさんよりはるかに年配と見える。カネシロさん、とヒガさんが紹介した。カネシロさんは両手をつかって私と握手し、その手をしばらく離さずに言った。

「あんたが来るというので、ヒガさんが喜んでのう」

二人はよほど親しいらしい。カネシロさんの眼に、あたかも自分の客を迎えるかのような親しみの色がみえた。握手をした手の農民らしい硬さが、私の手にしばらく残った。

母親が刺身をもってきた。赤身でマグロらしい。私を歓迎する用意がなされていたとみえる。ヒガさんがウイスキーも出したが、私は鞄（かばん）をあけ、土産（みやげ）にもってきた泡盛を出して、テーブルに置いた。

「おお、沖縄（ウチナー）の酒小（サキグアー）の」

ヒガさんがかるく沖縄語（ウチナーグチ）で発したのは、あきらかに歓（よろこ）びの声だ。

「ハワイでも刺身を食べるんですか」

「食べるよ」

「ハウリーも食べるね」

と、カネシロさんが言った。

ハウリーとは白人のことをいうカナカ族の言葉、つまりハワイ土語だと、カネシロさんが説明を加えたあと、

「おい……」

いかにも楽しそうに思いだし笑いをして、ヒガさんへ、

「割り箸の話をしない」

ヒガさんがにやりと笑い、もてなしの話だという顔で語った。

ヒガさんがホノルルの日本人バーで飲んでいると、隣のテーブルでハウリーの青年がひとりでいたが、刺身を前にして、割り箸をしげしげと見ていたかと思うと、先の裂け目をすこし開いて刺身をはさみ、口へ運んだ。見ていると、得意げにそれをつづけて楽しんでいる様子があった。三十分ほどして、ヒガさんがハウリーの肩をたたき、きみはチョプスティックの新しい使いかたを発明したね、われわれ日本人はこう使うのだが、と言って、あらたに箸をとるとさっと二つに割り、刺身をはさんで自分の口に放り込んだ。ハウリーは口をあけてヒガさんの顔を見た。ヒガさんはそれからすぐに店を出たから、そのあとのハウリーの様子を

見ていない。

「面白いでしょう……」

カネシロさんがひとり興がる顔で、「ときどき、こうしてハウリーをからかうんですよ。ほかにも何かあったがな」

と、なにか思いだそうとした。そこへ夕飯がきた。私は見て一瞬絶句した。米のご飯と一緒に、豚の足を骨ごとぶつ切りにして昆布と一緒に煮込んだ、沖縄でアシティビチと呼んでいるものが、平たい皿に盛られてきたからだ。碗の形だけが違う。汁が底のほうで揺れているのが、和食とちがって、わずかにスープという英語を思いださせる。

「ハワイでもアシティビチがあるんですか」

「沖縄人がいるところなら、世界中にあるんでないか」

ヒガさんが事もなげに言った。まさか、と私は口には出さずに、キッチンを見た。あらためて気づいたことに、キッチンの機器はかなり大きなもので、複雑な構造をしていると見えた。当然のことに、書かれている文字はすべて英語だろう。それをこの年寄りが使いこなして沖縄料理も作っているというのか。

「お母さんはお幾つですか」

つい訊いていた。

「やがて九十ね……」

と言ってから思いついたように、「自分ではもう九十を過ぎたと言っているよ」

あ、それは数え年だと私は思い、あの母親にとって数え年の数えかたが、沖縄を出ていらい脳裏に張り付いているようだ、と思いなす。私の祖父もおなじか……。

「お母さんは一世ですか」

問うまでもないことを、つい訊いていた。

「ヤァ。イッセイ……」

自分を納得させるように強調する言いかたをして、「イッセイは苦労してのう」

それを言わせようとしたわけではないが、あるいは潜在意識で求めたのだろうか、と私が自分に問うていると、ヒガさんはカネシロさんへ意味ありげな顔をむけた。

「マミーはカチケンのミュージアムえ」

母親が昔の遺物、博物館的存在だと言っているものと私は解したが、

「カチケンって、何ですか」

これはまったく見当がつかない。

「砂糖黍刈りというか」

カネシロさんが補う。

私は一瞬考えて、カット・シュガーケーンか、と思いついた。移民一世には無学が多く、英語も彼らなりの受け取りかたで憶えたと、追々知ることになる。生活用語では、二世もそれに倣ったようだ。雇用労働者として砂糖黍を刈ることを仕事にしていた時代の風俗が、この母親のような人に残っているという意味らしい。

と推測していると、ヒガさんがいきなり唱いだした。

「♪ハワイハワイと夢見てきたがよ　流す涙も黍のなか」

日本語だが歌謡曲でも民謡でもなく、はじめて聴く歌だった。顔はうつむき加減に、声量はないが、すこし甲高い声は、他人に聞かせるというより自分に聞かせる、という風情である。素朴な旋律、そして歌詞だが、部屋の空気に染みわたって、どことなく気だるさをふくんでいる。移民がその哀愁を写して歌にしたということだろう。

短い歌で、ヒガさんは黙って二つ目に移る。私は耳に歌詞と旋律をたくわえながら、ふと窓の外に視線をなげた。向かいの家のバナナの木を月光が包んでいた。この月は沖縄にも照らしている、そして昔から変わらない、と月並みなことを思いつき、移民の人たちが、何十年というもの、その月並みでない苦労を有りあわせの月並みな言葉で嘆いてきたのだなと、ひとりだけの思いで聞き惚れることにした。ただ、ところどころハワイ方言がまじるせいか、よくは聞きとれない。カチケンだけを聞きとれた。雑談でその言葉が出た拍子に、ヒガさんが思いついて唱いだしたものらしかった。

ホレホレ節というのだ、と教えられた。一九〇〇年代にはいってまもないころに、ハワイ一世たちのあいだで誰かがはじめた歌だった。歌詞は無数に作られたが、ほとんど作者が知られていない。

「ホレホレいうたらの、シュガーケンの葉をカサグことね」

そう解説するカネシロさんの表情は、移民の苦労話を伝説の楽しみに変えてしまうものに見える。ホレホレとはカサグ——私は咄嗟には受け取れなかったが、まもなく、ああ、そういえば砂糖黍の枯れ葉を剝ぐことを、母が沖縄方言でカサジュンと言っていたなと、思いだして解した。移民一世が、何十年たってもときたま沖縄語の断片を口にするというが、こういうことか。広大な砂糖黍畑のなかで、黍の枯れ葉をいちいち剝いでいる労働の姿、その集団の姿を、思い浮かべた。ホレホレ節は生活の端々を思いつきで唄ったもので、無造作に無数に作られただけに、記憶されているのはわずかだが、という説明に、たとえば九州三池に炭坑節があるようなものかと、私は想像をめぐらしながら、もう一度、とねだった。興味をもっただけでなく、今日出会ったばかりなのにこのように素朴な歓待をうけて、甘える気になったのも確かだった。ヒガさんは唄いかさねて、

「♪カネはカチケンよう　わしゃホレホレよう　夫婦そろって共稼ぎ　その……」

カネとは夫のことで、カチケンは分かるね、とカネシロさんが解説した。おしまいのあたりは囃子のようだが、聴きとれなかった。

「タマキさんが作ったものがあっただろう？」

母親が、九十とは思えないほどのしっかりした口調で、仕切る言いかたをした。

「あったよね。でも、忘れた」

しようもない、という顔をする母親は、年のわりには眼に生きがあって鼻も高く、若いころはさぞ目立ったに違いないと思わせた。こころもち膝をそろえると、戸外をみつめ、そこの月光に溶け込ませるほどの表情をつくって、唄いだした。

年に似合わない甘い声だ。

「♪朝は早（はよ）うから　カチケン暮らしよう　沖縄（シマ）のかあちゃん察してよねえ」

囃子をヒガさんとカネシロさんが手伝って、唱い終わったとき、母親が満足そうにこころもち笑顔をなした。こういう愛嬌（あいきょう）もあったのかと、あらためて思わせる。

「シマのカアチャンというのは、妻（トウジ）のことでないえ……」

と、母親は付け加えた。「タマキさんが唱ったのは、沖縄にいるほんとうのお母さんのことえ」

それから、タマキさんがどれほど家族のことを心配していたか、ということを話したが、私は聞いて、母親のことならアンマーと言うはずだが、と引っかかった。妻のことでないとは、こじつけみたいではないか。祖父が言ったのか。この母親がこじつけたのか。

しかしこのあたりで、ヒガさんが母親ともども、私をわざわざ沖縄から呼び寄せて、この素朴な歓待をする理由が分かるようにも思えた。

「カチケンは、移民の命の元でもあったし、仇でもあったなあ」

カネシロさんは思い出に酔っている。彼は、かろうじて一世の最後だという。

なにしろ、渡航したとき生まれたばかりだった。母は毎日、耕地(プランテーション)の宿舎(キャンプ)から遠い農場(ファーム)へ赤子の彼を負ぶっていった。仕事中は彼を木蔭に放っておき、わずかな時間を盗んで、乳をやりにきた。そういう主婦が多かった。

私が中学生のころであったかテレビで見たのは、ハワイの農場で砂糖黍を機械で刈っている光景であった。ブルドーザーのような大きな機械が、葉も一緒くたに巻き込んで刈る作業で、ホレホレなどをそれこそ過去の語りぐさにしてしまった時代のものだ。その機械カチケンもまた、さらに楽なエントゥリアムの時代に移ったと、いま聞いた。それだけに、歴史のかなたに押し込められたカチケンの苦労はいかばかりのものであったか、とも思わせる。

「タンカーはキャンプでやったえ」

タンカーとは沖縄語で一歳の誕生祝のことだ。自分のタンカーのことを憶えているはずはないが、カネシロさんが言葉を知っていることを自慢したがっているのだ、と私は解した。

「ミーのお母さんは、オールウェイそのことをミーに話して、恩義かぶせていたえ」

「ミーも……」

と、ヒガさんが言った。「タンカーしてもらったえ」

なあ、と母親を顧みた。母親はうすく笑った。

「人間はどんな苦しみの中でも、楽しみを探して歩くもんだけぇのう……」

カネシロさんは、ひとり合点したように幾度もうなずいて、「タマキさんの歌には、それがよう表われとるのう」

もう一度、と私は注文してメモ帳とペンを構えた。

ヒガさんが唱った。それをカネシロさんと母親が囃子につなげた。

唱いおわって、母親が座をはずしてキッチンに立った。ヒガさんが手洗いに立った。

その時間を盗むように、カネシロさんが私に耳打ちした。

「このお母さんをのう、タマキさんとここの親父(おやじ)さんが奪い合ったことがあってのう」

まさか、と私は反論した。女が独身で移民したはずはないし、という疑問が湧いたが、それを飛び越えるほどにも切実な疑問があった。祖父は渡航してまもなく祖母を呼び寄せたはずだ。その前にということか。

「そのあとえ」

「祖母が息子——私の父をつれて日本へ帰ったあとですか」

「そうだろうのう……」

カネシロさんは何の屈託もなげに、しかし声だけは低く、

「二人がキャンプから脱けだして、自分たちだけでモーアシビーするのを、見た人は多いえ」

モーアシビーとは、私もすでに年寄りから話に聞くだけにすぎないが、沖縄の農村で普通だった若者の野遊びのことで、多くの男女はそこで結びついたという。そのことを自分は知っていると、カネシロさんはここで披露したかったに過ぎまい。ところが、カネシロさんはまだ幼かったはずだ。それを言う言葉にすこし卑しい想像が絡んでいる気がして、私は愉快でなかった。母親が「カアチャンとは妻のことでないえ」と語気を強めたことが、あらためて思いだされた。

ヒガさんが戻ってきた。カネシロさんは何事もなかった顔で、

「タマキさんは同じ一世でも、ミーなんかより、えっと苦労しておるけえのう。ただ、この二十年くらい、二世のユーがよう友達してあげたけんのう」

「友達いうてものう。タマキさんはえっと年上だし、何もしてやれんけえ」

「そんなことはない……」

カネシロさんがむきになる顔で私の顔と半々に見て、「タマキさんがここまで来れたのも、ヒガさんのおかげえ」

あんたの前だがねえ、とカネシロさんは私のために、あらためてゆっくり補う顔をした。祖父がカチケン労働者を脱して、ほそぼそと経営者になったが、そのうち砂糖黍生産を捨ててエントゥリアムの農場をもつようになった。世間はほとんどその流れに乗っていて、祖父も便乗に間に合った。それに成功するにあたって、ヒガさんとその両親にどれだけ世話になったか。十年ほど前のことだったという。すると、そのときもう八十にはなっていたはずだ。

「グルフレンドだったけえのう」

あれだけのエントゥリアム畑のうちのどれだけが祖父のものであるかに、ある秘密が隠されていると見える。その経緯がどのようなことであったか、その内実を私は聴きたかったが、話がそこをとびこして、ハワイ移民の一世にとって、一九〇〇年代の前半がどんなに大変なものであったかという話に、すぐにつながってしまった。多くの男が子供に日本で教育を受けさせるために、妻と一緒に日本へ帰らせた、と付け加えた。それが私への挨拶でもあると私は察しながら、祖父は祖母と父を帰らせた上で、ヒガさんの母親と——と、胸の奥で絶句した。

と、カネシロさんがいきなり言った。「タマキさんの作ったホレホレ節で、よく唱われたものがあるじゃないか」

そして、唱いだした。

「♪カネかアイカネか迷う道中(みちなか)でよう　わたしゃホレホレの陰で泣く」

これに囃子がつかなかった。ヒガさんと母親が、黙っていささか険しい表情になったのを、私は見咎(みとが)めた。唱いおわったカネシロさんの表情が冷めた。

私はひそかに想像した。カネが夫のことだとは聞いた。すると、アイカネは恋人か。アイカネとは友達のことだと、あとで知ったが、歌ではごまかしたのだろう。すると、この歌はヒガさんの母親が夫と祖父とのあいだで苦しんだということなのか。似た例は他にもあったかもしれないが。

「タマキさんが作ったいうのは嘘(うそ)え……」

母親がいきなり言う。「だいたいホレホレ節は、どれもこれも誰が作ったものか分からないし、面白半分の歌も多いけえ」

ついさっき「タマキさんが作った歌がある」とはっきり言って唱ったのと矛盾している。ひょっとしてこの歌詞は、母親の作ったものか。

「思いだした……」

そう考えると、納得する思いと抗う思いが、私のなかでたたかった。母親がむきになったのは、いくらかウチアタイする（胸に当たる）ことがあるからかもしれない。そしてヒガさんは、母親のことを知った上で祖父の晩年を助けたということなのか。ヒガさんの母親は、夫が死んだあとで、まだ永らえているタマキさんを助けるように、息子のヒガさんに仕向けたのか。

しかし、と私は悟る思いをする。母親がかげながら亡夫とタマキさんとの友情を尊んだ、その志がそうさせたものと素直に解すると、タマキさんを助けることで、夫への愛をつよく確かめることができたということではないか。それが、故郷を離れてはるばるハワイまで出稼ぎに来たもの同士なればこその友情だと解したときに、あの月影のように清潔で崇高なものに見える。カネシロさんの語った挿話を、採るに足らないものと捨て去ってよいようだ。あの農場のうちのどれだけが祖父のものか、などという疑問も移民七十年の苦労の分かち合いに溶けてしまう体のものだ。エントゥリアム農場の分譲について話しあう予定など、もともとなかったに違いない。

私は自分の思いすごしを恥じ、祖父に会う前にここに来てよかった、と思った。

「ホレホレ節いうのは、もう古いねえ……」

カネシロさんがわざとらしい明るさで言った。「もう、エントゥリアム節が生まれてもいいのう」

「そうだのう……」

ヒガさんが気のなさそうな相槌を打って苦笑した。ようやく酔いのみえる顔だ。エントゥリアムにはもはや、ホレホレ節のような哀愁の歌は生みだせまいが、これも新たな夢か。

私はようやく話の順序をただす気になり、

「で、祖父は病気ですか」

「老衰だけよ」

これはカネシロさんであった。

それから、祖父がヒガさんを電話で呼びだしたときの話をするよう、ヒガさんに求めた。一か月前のことだという。

「夜中の十二時だよ……」

ヒガさんは、またグラスを呷(あお)って、「ミーが行ったときは、ドアをロックしてなくてのう。ミーが部屋に入ると、手招きして、すぐボーイ呼んでくれ言うてのう……」

いくつになっても息子をボーイとしか呼ばないえ、と付け加えた。

「えっとユーを信用していたんだよな」

カネシロさんが間髪をいれずに言う。ヒガさんがいかに祖父に信頼され、頼られているか、応援団よろしく強調したい様子なのを、私は察した。

「明日、病院に行こうね……」

と、ヒガさん。「今夜はもう晩(おそ)いし」

「お願いします」

祖父への土産はヒガさんの友情への感謝の話だということを、私はひとり納得した。

ヒロ市の病院の五階病室で、祖父のベッドは窓際におかれていた。そこの窓から、かなり広いエントゥリアムの畑が見渡せた。

「ええ按配(あんばい)だのう。タマキさん……」

カネシロさんが祖父の耳に口を近づけて明るい声で言った。「昨日、お孫さんがユーのファームを見たえ」

気分はどうえ？　と、ヒガさんは当たらず触らずのことを言った。祖父はそれも聞こえないかのように、くぼんだ眼の底の目玉を動かしもしなかった。額がひろく顎が尖っているのは私がそれに似ているかとも思えるが、その眼のくぼみはどうだろう。祖父はいま、自分の血をひいた孫が会いに来ていることにまったく気づいていない様子だ。とはいえ、私はいま病院の窓から外を眺めながら思う。〈抹殺されてはいない。その証拠に、お祖父さんの畑にはヒガさんの助けでエントゥリアムが真っ盛りだった……〉

この病室でも、あれだけ見えているではないか。もう砂糖黍の時代ではない、その現代に祖父はまだ十分に生きている、という証拠のようなものを摑んだ、と私は思いたかった。

「お祖父さん。ゼンキです」

私は祖父の耳に口を近づけて言った。

祖父の目玉がわずかに私のほうに動いた。それから、唇がかすかにふるえたかと思うと、そこから空気の漏れるような声が出た。

「ゼンキチか」

「ゼンキです。孫のゼンキです」

祖父の名は善勝で、父が善吉、私は善輝だと、頭のなかで確認しながら、なか

ば機械的に訂正したが、祖父は私の顔を見ているようないないような眼をして、

「ゼンキチか」

こんどはわりとしっかりした発音で、あきらかに父と間違えていると分かった。ヒガさんに頼んで呼びよせたボーイが来てくれた、と思い込んでいるようだ。いくら私の発音がまぎらわしいとはいえ、三十歳も違う息子と孫を間違えるとは。それに父は十年も前に死んでいるし、そのことは母があのとき手紙で伝えていることだし、と細い絶望に耐えていると、祖父の口からかすれた声が漏れた。あるかなきかの抑揚で歌かとおぼしいが、発音が聞き取れない。それをしばらく聞き流していると、

「ほう、ホレホレ節だ」

カネシロさんが聴きとったが、しばらくして、かすかな疑いの眼で、私とヒガさんへなにか誘う眼をした。

「♪エントゥリアムをよう　オキナワへ送ろうよう　ハートのかたちにこころをこめてよう」

たしかにエントゥリアムという言葉を聴きとったと、私はアンスリウムという日本語を避けて思い、いそいでこの歌を書きとめようと、メモ帳を鞄から取り出

しかけたが、思いついてカメラの支度をした。その動作のあいだも、私のなかを去来する思いがあった。ヒガさんの母親を連れてこなくてよかった、という思いがまずあった。歌のなかのハートというのが、まちがいなく沖縄へ送り返した妻のことだと思えたからだ。祖父が私のことを眼中におかず、私を父と間違えたことに、それは表われている。父は祖母に抱かれて沖縄へ帰ったのだ。祖母はカチケンとホレホレ節しか知らなかった。だから祖父は、ホレホレ節でエントゥリアムを唱った。それを祖母へ送ろうという意志を死ぬまぎわに見せている。それを見た私は、孫としての私を認めさせようという志をいつしか捨てていて、ただ祖母の写真をもってくればよかったと悔いた。祖母の写真などは戦争で焼けてしまったらしくてもうないけれども、そのことをふくめて悔いた。

祖父の顔をファインダー一杯にとらえて、シャッターの音をひびかせながら、このあとエントゥリアムの畑と祖父の家を撮って、沖縄への土産にしようと思った。おそらく遺骨と一緒になることだろうが。

# 天女の幽霊

綾子が豊見城悠三にもう一度会いたいと、電話で呼び寄せた。

「浦添さんから祈願を頼まれたんです……」

電話で話を急ぐように、「新都心の住宅新築予定の場所に幽霊が出るそうです。それを抑えてほしいって」

その注文を受けてよいでしょうか、という相談のために呼んだ。

呼びだしをかけるのに気を遣った。居酒屋《さってぃむ》の若いママと常連の客という間柄で、ふとした機会に一度だけ抱かれたが、そのことにこだわった。こんどは抱かれたいためでなく、居酒屋の仕事と関わりなく巫女として祈願の注文を受けた、その相談のためなのだ、ということを電話で急くように伝えた。前に抱かれたときだって、ふとした流れにすぎなかった、と言外にほのめかしたつもりである。

「よろしかったら……」

という表現で、一掬（いっきく）の遠慮をにおわせた。

こんども前回とおなじく、新都心の自分が住んでいるグリーン・マンションの一階の喫茶店《緑の風》で、午後三時とした。前に抱かれたのが自分の部屋であったから、こんども同じビルでは、自分の部屋につなげたい意図があるかのように誤解されかねない。そのことを惧（おそ）れた。すると、悠三もこれを察したもののように電話の向こうで、これも一掬の躊躇（ちゅうちょ）をにおわせたが、やおら承知した。

綾子は自分の服装をかえりみて、これでよかったと納得した。紺地に白抜きの花柄をあしらっただけのワンピースに白く細いベルトを締めた。大き目の襟ぐりだけに、控えめの色気をそえた。三十をすぎているのに二十歳代に見られるのは、体格も顔も小柄なせいだろう。ただ、眼光がどうかすると鋭いものを見せるのは、やはり巫女の性（さが）のせいか。

悠三はシックな柄のかりゆしウェアで現われた。ごく淡いベージュの地に黒い崩れ格子の柄がほんのすこしあしらわれただけである。気のせいか、前回より服装に気を遣っているように見えた。

《緑の風》ではこんども客が二人だけで、それだけにそれぞれに照れるものがあったが、たがいに秘した。

悠三としては、前回は新聞記事のための幽霊のことで綾子という巫女に教えてもらうために会ったのだが、今回はその巫女からやはり幽霊のことで相談を受けることになった。どれだけ役に立つかは分からないが受けることにしたのは、新聞記者の好奇心も手伝っている。

一級建築士の浦添孝司という名が、おなじく《さってぃむ》の常連として、悠三には抵抗がない。浦添は額が広いのか禿げているのか、よく分からないところがあって、それが思慮の深そうな感じになっているのは得だろうなと、悠三は思っているが、職業柄か新都心に詳しい。雑談相手としても悠三には有難い常連仲間だが、それが幽霊騒ぎにじかに関わっているとは、いよいよ興味深いというものだろう。

「ついに出たか」

悠三は《緑の風》に着くと、腰をおろさぬうちに、待っていた綾子に白い歯をみせて笑った。太い眉毛の下の瞳が好奇心をむき出しにして、はやく詳しいことを知りたい、と言っている。そのはやる心を察しながら綾子は、

「私も幽霊を信じるか信じないかどころではなくなったみたい」

と笑った。

那覇市新都心に幽霊が出るという噂がはじめて流れたのはいつのことか、さだかでないが、その噂は、やはり新都心にある綾子の居酒屋《さってぃむ》でも最高の話題になっている。話題といっても、客筋に勤め人や経営者が多いせいか、幽霊をそのまま信じることはなく、噂の正体を探りたいなどという話題が多いのだが、興味がいつしか綾子に向いている様子も見える。綾子が巫女であることを、誰もが知っているからである。

「巫女は幽霊を信じるか」

と率直に訊いたのは悠三であったが、その質問がきっかけになって、綾子は悠三に抱かれた。一か月ほど前のことである。

綾子は日ごろ、店で客たちが交わす幽霊談義をにこにこ傍聴するにとどめて、話の中身には加わらないことにしている。巫女としての自分の内面に土足で踏み込まれるのを惧れるからだ。が、巫女が幽霊を信じるか信じないか、という議論には巫女の真実をくすぐるものがあって、悠三の質問に胸がうずいた。即答は避けたが熟慮したあげく、店でくすぶらせた思いを外で吐き出すことにした。ある日の昼間、喫茶店《緑の風》に悠三を呼んだのである。

喫茶店《緑の風》は、あまり流行ってなく、二人のほかに客はいなかった。窓に目立つステンドグラスが、贅沢に見えないでもない。が、幽霊を語るには相応しいとも言えた。

「幽霊を信じないと言えば、巫女としては嘘になります。しかし、店でそのような告白をしては、その後の問答に限りがありませんから」

と打ち明けたら、悠三はそれに深く頷いてくれた。そういう反応を得られるものと予感していたのだと、綾子は言いたくなった。

呼びだした用件はこれですんだかとも言えるが、

「新都心に幽霊が出るとすれば、どこかな……」

悠三が話を深く進めたいという眼で、綾子の瞳をみつめた。《さってぃむ》での雑談に、これまで不思議とそこまで突っこんだ話題はない。

「銘苅墓？」

綾子がすかさず答えたのが、そのまま問いにもなったので、悠三はなるほどという頷きと微笑を返した。新都心に銘苅古墓群か。幽霊談義にふさわしいと言えないものでもない。

——戦前に上之屋、天久、銘苅という三つの集落があり、それを畑がひろびろと取り巻いていた。それらがすべて戦争で焼けつくしたあと、三つの集落もはじめから無かったもののように、そこに米軍住宅という基地が居座って家族部隊とよばれたが、二十年前にその基地が撤去されて六十四万坪の土地が返還されるや、行政はそこに那覇市の新都心を計画した。そのさい発掘された墓の群落を行政が「銘苅古墓群」と名づけ、マスコミがそれを報じた。沖縄の墓といえば亀甲墓(かめのこうばか)というのが普通だが、それは近世に生まれた様式だという。ところが、この銘苅部落の跡では珍しく赤土の谷間の壁に横穴式の墓が十くらいあった。古墓群と呼ぶにふさわしい。銘苅古墓群のなかの厨子甕(ずしがめ)は、主のあるなしにかかわらずすべて、南東に五キロほど離れた識名(しきな)霊園に移された。あとには穴だけが残った。あの穴たちに住みついた厨子甕が移されるときに置き忘れた魂が、幽霊になって新都心をさまよう、というイメージを綾子は抱いた。

「銘苅墓に幽霊ねえ……」

悠三は当てもない荒野を行くような眼で、くりかえした。その想像がかなり遠くまで延びているらしく、コーヒーを飲み干したことを忘れて、コップの底に一滴も残っていないのに、何度も口に運んだ。なにかが足りないのだろうと思い、その補いを五階の自分の部屋でしてあげようと、綾子は悠三を誘ったのであった。

とはいえ、綾子の部屋で大きく話が発展したのでもなく、新都心を造ろうとして古い墓を掘り出したのは皮肉な話だと笑いあい、こうなった上は幽霊の話を結びつけても悪くはないなと意気投合し、ワインを一本空けただけでベッドへ移った。

　これがかりそめの同衾(どうきん)に止(とど)まるのかどうか、綾子は悠三の太い腕の温(ぬく)もりを首筋で吸い取りながら考えた。ただ、いまのところ新都心と銘苅古墓群の話にとどめるべきか、とも思い及んだ。電灯の照度を落とした部屋で、ベッドに横たわったまま、視線を天井から壁へめぐらすと、悠三のかりゆしウェアをハンガーに掛けてあげたのが、あらためて物言いたげに見えた。パイナップルの柄か。すこしださいな。いつか一枚、シックなのを買ってあげようか、とぼんやり思った。

「不思議な空間になったな」

　と悠三は呟(つぶや)いた。身体が離れてから一緒にベランダに出て、夜景を眺めながらのことである。大小さまざまなビルのあいだに、これも大小さまざまな空き地がわがままにあって、それが将来どのように塡(うず)められていくか、予想がつかない。

　この感想をもったことを、二度目の呼び出しを受けたときに思いだした。急速に都市化の様相を深めていき、隣に誰が住んでいるかも分からない新都心の、どこに幽霊が現われても不思議ではあるまい。

「銘苅古墓群が個人住宅の新築予定地になるはずはないものな」

と悠三は笑った。

悠三はこうして、二度目の《緑の風》で二度目のステンドグラスを眺めて、前回に二人で立てた予想がはずれたことに落胆したような、当然だと納得したような眼をして、こんど幽霊がほんとうに出るという場所は？　とあらためて訊く。

「銘苅墓の近く、センチュリー・マンションを知っているでしょう？　その西隣の空き地」

「日本兵の幽霊か？」

古戦場として、戦死した日本兵が幽霊になって出ることがないでもなかろうと、《さってぃむ》でも話題になったことがある。

「天女の幽霊だそうです」

「………？」

と一拍おいた上で、

「まさか」

「私も一応は疑ってみたんですけど」

幽霊が新都心に出るかもしれないとは得心が行ったけれども、その正体が天女とは、これは突飛すぎる。

「天女って、銘苅子の？」

「沖縄にも羽衣伝説があるそうですね。それがいまごろ生きて働くって、面白いみたいだけど」

綾子はヤマトの伝説のほうを先に知っていて、沖縄に似たような話が銘苅子伝説としてあるということを、ごく最近知った。

「羽衣の話を知っているだけで、いいほうだろう」

それで幽霊噺も分かりやすくなるかなと、悠三がお世辞半分の答えを返すと、

「読谷さんもさあ……」

綾子は思いだし笑いをして、「読谷さんは私より若いもんねえ」

「読谷が？　あのウフソー（おっちょこちょい）が……」

悠三は、ただの幽霊談義でもなさそうだと坐りなおして、コーヒーをまた一口飲んだ。「何をしたって？」

読谷紀太郎は悠三とおなじ新聞社の若いカメラマンで、一度悠三が飲みに連れてきて、それいらい《さってぃむ》の常連になった。それが……？

「浦添さんと読谷さんが、まるで漫才みたいなやりとりをしてさあ」

その夜の読谷はひとりで来たが、たまたま隣りあった古株の浦添孝司とのやりとりが面白かったと、綾子はまた思いだし笑いを交えながら話した。

言いだしっぺは浦添である。

「天女は幽霊かな」

とつぜん浦添が言いだして、一座が唖然となった。一座といっても、せいぜい六人しか坐れないカウンターに、そのときはたしか三人しかいなかったはずだ。

「面白いなあ、天女かあ」

と読谷が歓声をあげた。

銘苅子という天女がいたんですよね、と読谷がつづけたので、浦添が噴きだした。

「伝説を語るなら、まともに語れ」

はあ、違うんですか、と悪びれないのへ、

「銘苅子というのは、天女に惚れて羽衣をかくした男のほうだ」

と浦添が面倒くさそうに修正して、「子」とは古典劇で銘苅の男ぐらいの意味で、だから古典劇の組踊に「銘苅子」というのがある、と教えた。

「あ、そうなんですか……」

読谷はあっさり了解し、「子（こ）というから女かと思った」

と笑わせながら、ひとり納得の顔になった。

いまこの場に悠三がいたら、どんな顔をするだろうかと、綾子は内心おかしかった。

「佐川急便の後ろに伝説の井戸があるんですよね」

読谷は、いささか得意げにあたりを見まわした。

シグルク井（がー）と言うんです、と読谷は付け加えて、話が荒唐無稽だと笑われるのを予防した。

佐川急便なら誰でも知っている。新都心のど真ん中に大きな集配所を構えて目立つが、その北側に幅が一間（けん）ほどの細い遊歩道をへだてて広大な湿地帯がひろがっているので、その手前に雑木、雑草にかこまれてこぢんまりと井戸（かー）があっても、見過ごされる。羽衣の伝説は五百年も前のことらしいが、それだけに神秘的な魅力がある。シグルク井とは意味の取りにくい名だが、それ以来の年数を生きながらえた名称だとすれば、いよいよ信じたくなる――と、このあたりでは読谷と浦添が意気投合する様子を見せたが、泡盛の酔いの作用が幾分通りか働いているのではないかと、綾子はひそかにおかしかった。

「五百年も昔の話で……」

悠三はなかば呆れながらの口調だが、「古典劇の世界のことなのに、それがいまごろ幽霊になって出ることがあるのか」

と結ぶと、内心の真剣さが通じて、綾子の同意をひきだすことになった。

「私も信じないさあ」

ただ、シグルク井という井戸が伝説の名残として現にあるとすれば、話は別で、げんに浦添が、そのシグルク井を具体的に引き合いに出して、綾子に祈願をたのんだ。

「浦添さんに頼まれたら、断れなくてさあ」

それなら、なぜ僕に相談する？ と冷やかし半分で言ってやりたい気もしたが、やめた。綾子の悠三へのひとなみでない好意によるものだと分かるし、浦添さんにたいする思いを悠三と共有したいとの気持ちも働いていると見える。

「それより……」

これくらいの冷やかしはよかろうと、「きみの本音はどうなんだ？ 巫女としての本音があるだろう」

ここで綾子がこだわった二つの思いがあって、自分は巫女だという逃げられない思いと、浦添への感謝の思いである。

生まれて三十年という人生は、決して短くはなかった。その間に父母と三人いた同胞をすべて喪(うしな)ったというだけでも、ひとなみ以上の酷い人生だ。その果てに巫女という運命に見舞われた。

父母は六十年前の戦争からは生き残ったというのに、綾子が高校にも上がらぬうちに、二人とも病気で逝った。兄と弟もやはり病気で、これは綾子が小学生のうちに他界した。そのあと、姉が親代わりに面倒を見てくれたが、その姉を交通事故で失ったのが、高校三年の二学期、空にいわし雲の広がっている日であった。その四十九日の法事をすませた翌朝が、運命の日になった。起きぬけに思いがけない頭痛に襲われたかと思うと、先祖とおぼしい声が聞こえた。

「御元祖(うぐわんす)の祀(まつ)りも大事だが、世間さまのためになることを務めよ」

私は巫女(ゆた)になったのか、という自覚を追々持つようになった。

巫女というもののことを、かねて聞いていた。この世の外の世界と心の交流をする人がいる、ということである。その世界を想像すると、いろいろの面で自分と事情が一致していた。その最たるものは他人の死期を察知することであった。

ひとと会って世間話をするうちに、相手の姿が影のように薄くなる。不思議に思っていると、その人が数日のうちに大怪我（おおけが）や急病で命を失う――という体験が、幾度かあった。自分の予知能力が怖くなった。

かろうじて高校を出ると、大学へは行かずに会社勤めをしたが、長くは続かなかった。理由は他人に言いにくい。同僚の死を予知する、という経験を二度もかさね、しかも二度目は自分の上司である係長だったから、理由を誰にも告げずに退職した。世間なみの勤めをつづけることに倦（う）んだのだ。

結婚への興味も胸のなかの秘密の函（はこ）におしこめた。近寄りたがる男もいたが、自分のほうで垣をつくって、相手が諦めるように仕向けた。生涯結婚をしないかもしれない、と思うようになった。

ひとりだけの職場をつくることを考え、思いきって居酒屋をはじめた。二十代で居酒屋をはじめるなどとは冒険であったが、会社の仕事を通じて知りあった一級建築士の浦添孝司に助けられて、看板をかかげた。さてさて、と呆れる意味の《さってぃむ》という方言屋号も浦添に考えてもらい、開店からしばらくの間に客の幾人かを紹介してくれた。浦添は三人の子をもつ男で、危険の心配はない。額がひと一倍広いのは、禿げとまぎらわしいが、大きな耳とあいまって、悠三とは別の頼り甲斐のしるしだと、日ごろ思っている。

「やってみようと思います。新都心にいる以上」

浦添さんへの義理ということもあるけれども、新都心の新しい世界への挑戦ということもあるのだ、という意気込みが悠三に伝わった。

〈天女の幽霊か。それを斥ける祈願とはどうするのか……〉

その意気込みに賛同した上で、悠三は仕事にからませて具体的な問題を論じる気になった。

新聞で「戦後六〇年」という企画が走りだしている。この六十年間の変化の諸相を洗いだして記事にするのだ。新都心もその材料のひとつになる。しかも、そのなかの幽霊だとか天女だとかの話になると、この変化の話とどう関わるか、一考に値する。綾子という巫女を通して、それを探ってみたい気がするのである。

「天女そのものが、もともと幽霊のようなものだという気もするがなあ」

とは言いながら、どこか現実味がしっかりとある気もするのは、ことが新都心に生まれた話題だと思うからだろう。ただ、疑問を禁じ得ないのも新都心ゆえか。

とりあえず気になるのは――シグルク井からセンチュリー・マンションまでは、直線距離にしても三百メートルはある。天女の幽霊がそれだけ移動して悪さをす

ると は思えない。

「距離は関係ないんでない?……」

天女なら飛んでもいくしと、綾子の言い分は巫女にしては理にかなっている。天女でなくても幽霊ならいくらでも飛んでいくはずで、悠三がほんとうに言いたいのは地面の距離のことでなく縁とか関係のことで、それが離れているのではないか、と言っている。戦死を恨んでいる日本兵の幽霊なら、いくらでも無作法があろうが、天女がそれほど無作法をするとも思えない。

「つまり、天女がなぜわざわざ井戸から移動するかだ。井戸につながってこその天女だと思わないか」

「銘苅子の天女ならです」

「ほかにも天女がいるのか。どこから来る?」

銘苅子と関わらない天女というのは突飛である。それこそ、ただの幽霊であるはずだ。

「分かりません」

答えたとたん、綾子の脳裏に新都心の広大な風景が漠と浮かぶ。何本かのタテヨコの幹線道路を除けば、雑然と建てられた大小のビル街や、充填を待っているような空き地の数々、それにまったく手つかずの湿原、荒蕪地、そこに点在する、所有者も得体も知れない、いくつかの古井戸の姿が浮かぶ。シグルク井とは別で、そこから新式ファッションの天女が現われないとも限らないではないか。

「しかし、やっぱりなあ……」

悠三は新聞記者として辻褄をあわせたがり、「戦死した兵隊の幽霊なら霊魂込めの必要もあろうが、天女ならめでたいようなものではないか。浦添さんはなぜ反対する？」

「口が裂けていてもですか」

「口が裂けているのか、その天女……の幽霊は？」

「分かりません」

「きみは……」

巫女らしく想像力の豊かすぎる話に呆れ、それに振りまわされまいという意志がはたらいて、「自分が何を言っているのか、分かっているのか」

「口が裂けようが耳が切れようが、その幽霊の話は作り事ではないかねえと、私は思ってさあ」

「誰が作った？」

豊見城悠三は、振りまわされる気配に用心しながらも、話の展開が面白くなればよい、という顔に切り替える。

新都心に幽霊が出たとか出るかとか、《さってぃむ》で酒の肴に議論しているが、これはそれ以上の話になりそうである。

彼の本音をいえば、幽霊というのはあり得ない。なにかの陰謀によるものに違いない。新都心の開発にちなむ何らかの企画があって、世間を欺くために仕組んだものに違いない。ひょっとして古墓の所有者のいたずらか。だとすれば、新聞記者としては、その仕組みの正体に迫ってみたい。

「今帰仁美也子という巫女を知っていますか」

綾子が真剣な顔で訊く。悠三が知らないと答えると、

「その巫女が天女の幽霊と言い出したらしいんですけど、ほんとは彼女が創った幽霊でないかと」

幽霊が古墓群から出るのではないか、と綾子は疑ったことがある。しかし、「天女」とあらたな思惑が出たからには、人間が創ったと決めつけ、その人間は誰かと詮索してみる気になった。

「何のために？」

悠三は追及の眼をする。

地主でもないのに新築立地にかかわって陰謀を弄する必要があるのか。今帰仁巫女とはいかなる素性の者か。それが何のために？

「分かりません」

いいいい分かりませんだけをよく言う巫女だ。それでも巫女か。それとも正直な巫女ということか。

「浦添さんは幽霊を信じるわけか」

「浦添さんとしては、建築主が信じていることを尊重する……というより保険をかけるつもりで拝みたいんでない？」

公務員の南風原（はえばる）さんという人が、住宅を建てるつもりで浦添を案内して敷地の下見をしたところ、そのあと南風原さんのところに今帰仁巫女が訪ねてきて、天女の幽霊が出るからやめたほうがよい、と警告した。南風原さんはびっくりして、浦添に相談した。幸か不幸か、土地はまだ手付金を払ったばかりだから、もし幽霊のことが真実なら、建築を諦めてキャンセルか転売かをする。しかし、南風原さんにしても浦添にしても悔しいことだから、なんとか建築を成功させたい。そのために祈願を――というのが浦添の説明したところである。

「家主の心配が僕に感染してね、って、浦添さんが」

「それで、綾子巫女に祈願を頼んだということか。どういう祈願を？」

「ひとの邪魔はしないようにと」

なるほど、綾子は世間なみの巫女と違って、世のためになる祈願だけを務めると、店に来る客たちにも理解してもらっている。それで浦添が、このケースに該当すると解して注文した、というのは頷ける。

「幽霊に自粛を促すわけか」

綾子がこれにまじめな顔で頷くので、悠三はつい笑いたいのを我慢して、

「それで、僕にも立会いを頼むわけ？」

違うんです、と綾子はなおも真剣な表情をくずさず、

「今帰仁巫女の真実を探ってほしいんです。幽霊の話を作ったか。その動機とか」

それから、今帰仁美也子の年齢は六十四歳で住所は首里と教えた。

「新都心で、いろいろと稼いでいるそうですけど……」

綾子はその稼ぎの例を二つあげた。

まず、古戦場らしく戦死者の後生を弔う祈願をつとめた。このグリーン・マン

ションからまっすぐ北へ百メートルほど行くと、高さ十メートルほどの崖になっていて、その足元から向こうははるかな湿原につづいている。崖の下がガマ（鍾乳洞）で、そのなかにはまだ収骨されていない骨があるが、そのなかの一つに注文主のめざす霊魂を認めた、と今帰仁巫女が断言して、それを拝み収骨した。注文主は九十歳をこえる老女で、もともと子を生さなかったが、養子に迎えた跡とり息子が中学生の鉄血勤皇隊員として戦死した。そういう伝聞があるのを信じた上で、骨探しを今帰仁巫女にたのんだ。このガマのこの骨が当人のものだという客観的な確証はないが、老女としては巫女の判じを信じるほかはなかった。

もうひとつは、新都心の西端をはしる国道五十八号に近いアパートで、二人の住人が階段の同じ場所を踏みはずして捻挫したが、同じアパートに住む老女がそれを聞いて、管理人に祈願を要求した。管理人ははじめ相手にしなかったが、老女は食い下がって、もし次に踏みはずした人がそこで転げ落ちて死んだらどうするか、と言ったので、それくらいで死ぬかと一応の反駁はしたものの、相手がなおも死ぬ、死ぬと繰り返してくると、抵抗しながらも聞くうちに、いつしか暗示にかかって恐怖が育ってしまい、ついにこの脅しには勝てず、今帰仁巫女の祈願を買った。「私はね、」と綾子は言う。「今帰仁巫女とその婆さんが知り合いだと思うさあ」

悠三は冷やかしで相槌を打とうかとも思ったが、なんとなく遠慮しているうちに、綾子はもうひとつ、これは稼いだというより公を騒がせた例だという話をした。

県立博物館の新築現場にかかわる。いま首里にある博物館が手狭だというので、新都心に新築しつつあるが、その現場の一点で地中の骨から訴えが出た。重機の刃に傷をつけられたくない、と。訴えを幻覚で聞いたのは今帰仁巫女である。常人には聞けない後生の声だ。彼女はそれを受けて、博物館の持ち主である県教育庁に訴えた。訴えが三度にも及んだので当局が不承不承に掘ってみたら、たしかに人骨が出た。そこまではよいのだが、それを納めるべき厨子甕は、いま博物館にある厨子甕の一つだと言った。博物館では、厨子甕はすべて、寄贈を受けたさい中身を取りだし、収蔵庫が手狭なので軒下に移してならべてあるが、その一つを今帰仁巫女は指して言った。「骨は移したが、このなかの霊魂は、ヌジフヮ（霊魂抜き取りの儀式）を怠ったらしく居残っていて、それは男である。掘りだした骨は女で、戦争がなかったら結婚するはずであったから、戦争から六十年をへたいま、同穴の誼を通じさせてほしい」つまり、掘りだした骨をその厨子甕に納めて後生で結婚させてほしい、と言うのだが、当局は困惑するほかない。博物館に寄贈された厨子甕は、すでにもっぱら民俗研究の資料と美術品としての立場にしかなく、その寄贈主は新築現場から骨の花嫁をもらっても迷惑だろう。だいいち、厨子甕の現在の所有者は県立博物館である。骨同士の結婚とは縁が遠すぎる。

今帰仁巫女はこの事件を、金儲けにはならないが世のためにしたと宣伝して、教育庁当局の顔をしかめさせた。

話しおわって綾子は、一度だけ会ったことのある今帰仁巫女のしたたかさをあらためて思い知る、と付け加えた。すくなくとも技術的には敬服しないわけにいかない……。

「尊敬しているわけか」

「尊敬とは違うさあ。むしろ憎いさあ。技術がしっかりしているだけ、その技術も悪用しているようで」

その経緯を悠三が知りたいだろうと、先まわりして話した。

「美里さんを知っているでしょう?　国際通りの宝石店」

「ああ、知っている」

美里という人は、やはり《さってぃむ》の常連だと聞いている。悠三は《さってぃむ》ではすれ違いで会ったことがないが、その営む国際通りの店は知っており、店頭で主人とおぼしい頬のふっくらとした顔は見たことがある。新都心に新しい店をかまえる計画があることも聞いている。

「宝石泥棒の被害に遭ったことも、知ってるでしょう？」

「ああ、そういうことがあったな」

「そのときに、私が祈願を頼まれたのよ」

悠三は頷くにとどめた。綾子にこういう行動範囲があったかと感心したが、話の先を急いだ。

「美里さんのお母さんが、九十を越すんだけど、巫女好きでね。その希望で祈願をあげることになったのよ」

そうだったのか。なるほど九十にもなる老女なら、息子の災難にさいして、せめて先々にこのような不幸が二度とないように、巫女の祈願を買うことは当然だといってよく、世間に珍しくない。

「ところが、私が行ったら、今帰仁さんが先客でいてさあ」

悠三はこれにもとりあえず頷くにとどめた。なるほど、一度だけ会ったとはそういうことか。

「美里宝石の盗難事件を新聞で見たと言って、祈願の売りこみに来たのよ」

「で？」

悠三はここではしっかりと、祈願の注文がどこに行ったかを質す気になった。

私がやったけどね、美里さんがぜひ私にと頑張ってね、お母さんとしては巫女なら誰でもよいわけだから、——と綾子が自信ありげに説明して、聞いた悠三は変な安心をした。その安心には、今帰仁巫女にたいする警戒心が貼りついた。

「したたかなんだな」

「そうよ。したたかよ」

あまり色気のないやりとりになったな、と悠三は反省したが、綾子はこのしたたかという言葉に自己満足し、かつこだわった。

〈はたして豊見城さんがあのしたたかさと渡りあえるかどうか……〉

豊見城悠三は綾子の懸念には思い及ばないまま、今帰仁巫女が自己宣伝に使ったという博物館の例に最大の興味をもった。「戦後六〇年」企画にのせる材料として、ユニークなものになるだろう。いろいろの分野での戦後の移り変わりが主題になるが、ここでは巫女という移り変わらないものが居座っている。それがである。

「新都心」という大変貌と交差している。

しかし、それはついでの話であって、当面は綾子が今帰仁巫女のことを偽巫女だと見ている、そのことに同調して助けてやる立場に立たなければならないようである。

しかしやはり、と念をおす気になった。

「天女の幽霊ならエレガントで、有難いというものではないか、口も耳もまともなら」

足もあるなら、と付け加えようとして、思いとどまった。冗談と紙一重だし、それで綾子の想像力を必要以上に刺激するのは慎んだほうが無難だ。

「私がアドバイスするのなら、たぶんそう言います」

綾子は、そっと舌を出して照れの表情にした。

「すると、その今帰仁美也子という巫女を、綾子は信じないということだな」

「ええ。浦添さんや美里さんはどうか知れませんが」

答えながら、綾子の胸にほんわかと浮かれる思いがある。豊見城悠三が、「きみ」とか「お前」でなく、名前で二人称のかわりにしたのははじめてで、なみなみでない感情だろうと、幸福な勘ぐりかたをした。それをひそかに味わっている

と、

「用件はそれだけか」

　それだけですと綾子は答えたものの、それだけでは不満ですか、という思いを言外に滲ませたつもりである。

「いま、勤務時間中だからな」

「分かっています」

　と答えたが、以心伝心でおたがいに一つの話題を省いたと、綾子は得心した。ひそかに、この五階にある自分の部屋のベッドの面影を、呼びだしてから消した。

「今帰仁さんのように新都心で稼いでいる巫女を、ほかにも知っているか」

　と悠三が問うたのは、なかば仕事のためだが、綾子がこれに曖昧な微笑で頷いたのは、自分がこの世相にどれだけ関わるべきかと、日頃考えているからである。巫女の跋扈というか流行というか、企業ビルにせよ住宅にせよ、新築ラッシュとあいまって、なかなかの繁昌だと聞いている。その事情にこだわる。考えてみればおかしなもので、家の新築には起工式、地鎮祭というものがあって、神道の神主がお祓いをするではないか。それに加えて、というよりむしろ、神主はなくとも巫女はぜひ必要だと言わぬばかりの世相で、綾子は巫女であるからには、なんとなく関心を持たずにはいられない。

そこへ天女の幽霊とは、やはり突飛すぎるのではないか。

「天女も祈願を欲しいのかねえ」

と綾子がつけたりのように言ったのは、いくらか舌足らずながら、尤もなところがある。

「銘苅子の天女なら男と出会って満足したはずだのにね」

幽霊になって出るというのは、世間なみには不満のあらわれということのはずだから、ここでの天女の登場は信じがたい。

「満足ということはないだろう。騙されて一緒になったんだから」

「そうなんですか。騙されたんですか」

綾子は、羽衣伝説についてあらたに教えられた気になる。

「しかし、天女は子供を騙して天に昇った。あの子供は可哀そうだな」

組踊「銘苅子」では、男が天女を下界に縛りつけて妻にした上で、天に戻れなくなるようにと飛び衣装を隠したが、その羽衣の在り処を、子供がわらべ唄に託してひそかに母親に知らせたところ、母は非情にもそれを着て、子供を残したまま天へ帰ってしまった。

「まあしかし、子供たちは首里の国王様に召されて出世するから、バランスを取れたことになるのかな」

悠三がひとり合点の言いかたをする、その意味も綾子は解し得ないが、ふと思いついたことがあって、

「今帰仁さんは、その話を知っていますかねえ」

「年は六十五と言ったたか？」

「六十四です」

「似たようなもんだ。その年なら組踊を観たろうし、知っているはずだ」

悠三が学がありそうなことを言って、綾子にはよほど頼もしげに見えた。その調子なら、今帰仁巫女を相手にして、丸め込まれることはあるまい。

「帰ります？」

コーヒーカップの底があらわれたのを確かめながら、訊く。

「まだなにか？」

「いえ」

そう答えるほか、いまのところないではないか。また五階の部屋を思い浮かべたが、それだけにとどまった。

綾子は豊見城悠三がうまく今帰仁美也子に迫って活躍してくれることを期待しながら、とりあえず浦添一級建築士事務所の注文には応えなければならない。

まずは建築主や建築士と連れ立って現場に立ってみた。北へ向かうと、右手の先に古墓群、自分の背後に公園と博物館新築現場、近くの右手にセンチュリー・マンション。その西側のこのあたりは雑草に覆われていて、夏の盛りだからよく伸びている。その地面を指して、

「ここに天女の幽霊が出るというのですか」

「天女かどうか、まだ分からない」

浦添が何の屈託もない風に答える。

傍で建築主の南風原さんが、神経質そうな細面に決断保留の気持ちをうかべて、二人を見くらべている。サングラスをわざわざはずしたのは、なにかに敬意を表する気持ちのあらわれか。細いストライプ柄のグレイ系のかりゆしウェアは地味だが長身に似合い、まじめな人だと綾子は見た。なんとか、その重荷を下ろさせてあげたいが、いまのところどうなるか見当がつかない。

「だって、このあいだは天女だと仰ったではありませんか」

「それは今帰仁巫女が言ったことだ」

「今帰仁さんを信じないということですか」

「ンジ（どう）？……」

と南風原さんへ水を向けて呼びかけ、「今帰仁さんはまずお宅へ行ったんですよね」

「巫女というものは、あんなものですかねえ……」

南風原さんは、計画の思いがけない頓挫に拘るあまりに、浦添の質問にまともに答える余裕がないようで、それより、なにかに懲りたという顔で、

「いきなり言うわけですよ。素人は専門家の言うことを諾きなさい、と」

「それは人しだいです……」

綾子は、一緒にされてはたまらない、と言わぬばかりに、「今帰仁さんはどうしてお宅のことを知ったんですか」

「分かりません」

南風原さんは憮然と答えるが、いまとなってはそれはどうでもよい、ということだろう。綾子は美里宝石に今帰仁巫女があらわれたことを思いだし、その出没についての疑問は限りがないから、跳びこす気になった。

「それで何を今帰仁さんが言ったんですか」

「だから、天女の幽霊が出るからやめたほうがよいと」

「なぜ天女なんですか」

「はあ？」

「幽霊なら、日本兵の幽霊のほうがそれっぽいじゃないですか」

「そういえばそうだが……」

南風原さんは西のほうを見晴るかす眼をした。「不思議なんですなあ。あそこに羽衣の井戸があるそうですがね。なぜ、わざわざここまで飛んできて……」

「今帰仁さんに訊いてみればよかったじゃないですか」

「訊いたんです。今帰仁さんはいちおう答えましたが、それが答えになったかどうか」

「なんと言ったんですか？」

「日本兵の幽霊なら世間なみだが……」

綾子はここで男のように笑った。南風原さんが一瞬話をやめて睨む眼をしたが、すぐにそれを引っこめ、深く咎める眼でないので安心した。「天女の幽霊だから、どんな非常識な災いを及ぼすか分からない、と」

こんどのほうが一層笑いたかったのだが、我慢した。今帰仁巫女の腹の中は見える気がする。この空き地から南風原さんの新築計画を排除してほしいと、どこかから注文されたのだろう。

ここで綾子の思案が延びる。今帰仁巫女がいま言っていることの理不尽さは話にならないが、あまりに堂々とはったりを言うのは、はたして戦いやすいのか戦いにくいのか。

「天女の幽霊というのを一応信じることにします……」

南風原さんへ言うと、南風原さんが素直に頷いた。「ただ、私は祈願をここで上げるより、もとの井戸で上げたいと思います」

南風原さんより浦添のほうが、よりはっきりと頷いた。

「それはそうだな。根元を断つことだ」

この現場にこだわると、今帰仁の奸計にはまることになりかねまい、と浦添が広い額をこすりながら言い足すと、南風原さんが大きく頷き、綾子は勇気をもらったと思った。

シグルク井という根元で天女を呼びだせば、天女の良心にじかに触れることができ、天女に災いの意思がなければ、それを窺い知って自信をもつことが出来るだろう、と綾子は南風原さんと浦添に伝えた。

「日を改めなければなりませんね」

と南風原さんがなかば安心したように言ったのは、祈願を上げるには、ビンシー（箱入りの祈願道具）が要るが、今日はその用意がない、ということだ。

「大丈夫です……」

綾子は答えた。「ビンシーも世間なみのご馳走を供える必要もないです。でも、お酒とお菓子か果物か、お供えを、形ばかりでよいですから、用意できれば」

買ってきますと、南風原さんが道路わきに停めてある車のほうへ歩いていった。

「大丈夫かね」

浦添が南風原さんの背を見て言った。

「むしろ、戦いやすい相手です……」

綾子は覚悟をさだめた眼に微笑をうかべ、「今帰仁さんって、子供みたいなところがあるんですね」

浦添がはじめて意外という顔で、綾子を見た。

「なにが子供みたい？」

「天女を宣伝材料にするのが」

日本兵の幽霊なら世間なみだが、天女という常識はずれの看板で自分を高く売りつけようとするのが、子供みたいだと言った。

「では、ほんとうは天女ではないというのか」

「分かりません。天女であろうが日本兵であろうが、祈願は同じですから」

「同じでないだろう」

浦添は理屈をこねた。――日本兵なら霊魂を落ち着かせるのに面倒はないはずだ。しかし、天女はもともと優雅なものだから、あらためて祈願といっても、むしろ難しいものではないか。

「難しいことを仰るんですね」

この戦いは楽なもので、むしろ戦意を沸き立たせられた、という思いを言外にこめた。戦いやすいか戦いにくいか、という迷いをすてた。

やがて南風原さんがビニール袋の買いもの包みを二つ助手席にのせて帰ってくると、三人で車に乗りなおして井戸へ向かった。

シグルク井という名前も面妖なものだが、世間からはほとんど隠れている。佐川急便の集配所が堂々としているが、その背後に井戸がある、といっても簡単に見えはしない。集配所の背後には車の入らない遊歩道が走っていて、その途中で反対側の茂みに降りる。雑木、雑草の茂みをこえた向こうには、広大な湿原がひらけて見えるが、手前の茂みのなかには井戸などまったく見えない。南風原さんはまず佐川急便の事務所に立ち寄り、ひとりだけいた事務員の娘に尋ねたのだが、知らないというので、どうしたものかとしばらく立ちつくしていると、すこし年配の男が来て、教えてくれたのである。

遊歩道をそれて降りるとすぐ、低い立て札に「ハブに注意」とあって、綾子も浦添も咄嗟(とっさ)の恐怖で震えの足踏みをしてしまった。南風原さんが意外と平気な顔に見えたのは、何かを思いつめているせいかも知れない。そこから左へ十メートルほどだらだらと降(くだ)ると、急カーブで右へ折れ、なお十メートルほど降ると、右手に井戸が見えた。岩に抱かれたような暗い井戸で、手の届く一坪ほどの水面に、人の気配を受けて感じたように漣(さざなみ)が立った。井戸を抱く岩は苔(こけ)に覆われていて、それがかろうじて湿り気を見せ、ここしばらく雨が降らないなと思いださせる。

「ここに天女が?」

浦添がつぶやいた。

「ここしかありませんが……」

綾子が分かりにくい言いかたをして、見まわした。湿原のひろい風景はバンシルー、センダン、デークなどの雑木で隠されており、風通しがわるくて暑い。天女が降りて羽衣をうちかけたとされる松の木はないが、水浴びをしたという様子は想像できる。銘苅子はどこに身体を隠したか、いまでは見当がつかないが、五百年ほど前かとおぼしい伝説の時代からは変わって当然である。

変わったのは風景だけではないと、まもなく思う。風通しがわるく蒸し暑い。これは多くの場合、霊魂の気配とつながる。だがいま、その気配がまったくないのはどうしたことか。天を仰いだ。空が広く青い。まっしろな夏雲がいくつか悠然と浮かんでいる。日光が燦々(さんさん)と降り注いでいる。しかし、それだけだ。

綾子は思いもかけなかった躓(つまず)きをおぼえた。

天女の霊魂――と言ってよいかどうか、風情とか空気というもの、つまりたしかに天女がここに降りるとか降りたとか、その気配をまったく感じないのだ。たとい五百年の時をへだてても、いや、それだからこそ常人に見えない霊というものが、このさい巫女である綾子に見える――すくなくとも感じとれるものでなくてはならないはずではないか。

「南風原さん……」

と呼びかけて、「たしかに此処(ここ)ですか?」

「と言いますと？」

南風原さんは、眉間に皺をよせて、かすかに不安の表情をみせた。

自分は今帰仁巫女の言うことに従ったにすぎない……。というより、今帰仁巫女は天女の幽霊を指摘しただけで、その根源を探ろうとこの場所に誘ったのは、綾子のほうなのだ。自信に満ちてよさそうなのに、いまさら不安の様子を見せる綾子の心情を、南風原さんは理解できない。つい綾子のその不安に感染してしまうのは、止むを得ないことだ。

それを察して綾子は綾子なりに、とにかく責任を持つつもりで、井戸にむかった。南風原さんが心得て、袋から泡盛の二合瓶とビニール容器で包んだ天麩羅二個に林檎二つを出して、井戸に供えた。

「あのお……」

綾子が井戸にむかって祝詞を唱えようとして、思いなおした風に、背後にひかえた浦添へ首をねじまげた。

「天女って、ウチナーグチ（沖縄語）でどう言いますかねえ？」

「なに？」

浦添にとっても南風原さんにとっても、このような質問など、突飛すぎるというものであった。

「そのままでいいんでない？」

「新都心だから」

二人が調子をあわせるように答えて、顔を見合わせた。一拍おいてにやりと笑った。十分の自信はないが、恕してもらえるのではないか。というわけで、浦添が付け足しのように呟いた。

「新都心という言葉だって、とくに沖縄語はないのだから」

ここで綾子は孤独になった。巫女は言葉によって霊魂の世界と孤独に向き合うのが当然には違いないが、「天女」という言葉は馴染みにくいと、遅まきながらいま心得た。しかし、今帰仁巫女が言ったという「天女」のイメージはあるから、それに抗う気持ちで唱えはじめた。

「タリ……」

とは単なる呼びかけで、どの種の祈願にも共通であるが、つづいてやおら世間なみでない中身の祝詞が出た。

「新都心の御天加那志（神様よ）。天女やらわん（天女であろうと）、銘苅子やらわん、すべて、今前の世間御真人のために眼考えし、御賜び召しょうり。南風

原さんの　住宅造い召しぇーんでぃ　言ゆる場所に　どうでぃん　要らざらん邪魔立て　為召しょうらんごと　此れをて　泡盛、天麩羅、林檎なっくぇー（など）、数や少らさやびーしが　供えやびて　敬い良たしく　思い正しく　心や高々と　持っち居やびーれー　新都心のもたえ栄えのためと思て……」途切れた。そのまま綾子の顔は井戸へ向き、合掌も構えたままである。背中の様子が硬い。

浦添と南風原さんがどうしたのだろうと頷き見合わせ、やがて綾子への不安を通いあわせた。その思惑をよそに、綾子は綾子で孤独と不安に思いが揺れた。

〈天女はこの場所に、その昔、間違いなく降りたのであろうか……〉

この疑問を思い浮かべたのは、自分の祈りに応える霊の姿が見えず、声が聞こえず、なんらの気配も覚えなかったからである。祈願をはじめる前もそうであったが、祈願をはじめれば現われるかと期待したのに、まったく変化がない。蒸し暑さだけがひどく昂じた。

佐川急便などという、伝説と縁のない企業が居座ることと、因果関係があるかどうかは知らないが、新都心の変貌のせいで天女の霊が降臨を避けたのか。それとも巫女の霊能が衰えたということか。世間に巫女は真贋取り混ぜはびこっているというのに、真正の巫を自負してきた自分が、もはや新都心には受け入れられないというのか……。

　これ以上の祝詞は無駄、というより自分の劣等感をいよいよ深めるにすぎまい、と判断してやめた。

　誰にも訴えようのない憂いが五体に満ちて澱んだ。

「帰りましょう」

　綾子はいきなり起ちあがり、それから思いついて坐りなおし、お供えをビニールの袋に包みなおそうとした。あ、私が、と南風原さんが引きとった。

「どういうこと？」

　浦添が理由を問うた。

「天女はいないのです」

　きっぱりと言った。正確には見えない、あるいは分からないとか感じないとか言うべきところだが、それでは自信を失うことになる。それだけでなく、今帰仁美也子という怪しげな偽巫女に、この自分の攻めや防ぎのことを覚られないとも限らない。それはやはり悔しいことだと断言するかたわらで、ひと知れずこの不安を腹の底に抑えこんでいると、不思議に対抗する意志がいよいよふくれあがったのである。

豊見城悠三は今帰仁美也子という名前にこだわった。

〈その年齢、世代にしてはモダンすぎないか。ひょっとして芸名のようなものか……〉

この疑いは綾子から得た、偽巫女という予備知識から来ている。

が、取材の名目で面談の約束をし、二日後に会ってなるほどと思った。

首里の家で応接間の真っ赤な絨毯に立ち、花模様のクロスを張った大きなソファに収まって挨拶をすると、美也子の眼窩がひときわ窪んでいるのが目立った。また、色とりどりの貝殻をあしらったネックレスが普段着用には見えず、これは巫女の制服だと言わぬばかりに威圧をかたどっているように見えた。

それに気圧されては新聞記者は勤まらないと、とりあえず罪のない世間話からはじめることにした。南面した間口の外は広縁が走っているが、そのはるか先に十数年前に復元された首里城正殿の朱塗りの威容が見えるので、そのことを世間なみの挨拶にしたのである。

ところがこれに、あまり世間なみでない答えが返ってきた。――首里城内に御内原（うちばる）という一角があった。正殿の裏にあたる、いわば大奥であるが、その部分はまだ復元されていない。その復元を切に望む旨の霊魂（まぶい）のお告げがあった、と言う。

「誰の霊魂ですか」

「銘苅墓の霊魂です」

「移された墓ですか」

新都心開発のときに、銘苅墓の厨子甕はみな識名霊園に移された。

「なかに、自分は本当は御内原に移されるべきだと訴える骨がありました」

「御内原って……」

悠三はなけなしの歴史知識を絞りだした。「墓ではなく、女官たちの部屋でしょう？」

「墓でなくても、霊魂が住めるさあねえ」

それはどうかと疑いながら、反論する場ではないと黙っていると、

「昔のお城ですからねえ……」

今帰仁巫女は淡々と語った。

一人の女官がなにかの悶着（もんちゃく）でお城を出され、実家に戻ったが、後年に死んだとき骨を銘苅墓に納められた。いまあらためて名誉を回復し、御内原に移し替え

てしかるべきである、と骨の代弁をした。

それは巫女の越権ではないかと、悠三は内心でひそかに反発し、

「いったい、いつごろの、何王の時代ですか」

「尚真王です」

あんな遠い……時代、という言葉を呑みこむほどにも呆れた。およそ五百年も前だ。銘苅子の伝説とつながる話かどうか、興味をもったが、話が本筋をそれることを惧れて、先を待つことにした。

「呆れましたか……」

今帰仁巫女は見透かしたようなことを言って、悠三をいまにも自分の懐に抱きこまぬばかりの才覚を垣間見せた。「尚真王というのは、その妾に銘苅子の娘が出世しましたからね」

はあと、悠三は溜息が出そうな呆れかたをした。

やはり銘苅か……。

たしかに、銘苅子の娘という史実か伝説か分からない話を、悠三も聞いたことがある。とはいえ、女官の名誉回復とどれほど関係があろうか。

そこで一応の休憩のつもりで、

「銘苅墓というのは、やはり由緒のあるものなんですね」

「新都心というのは、いいですよ……」

昔の由緒ある文化財が、いろいろと発掘されますからね、と言った。

とはいえ、その行政事情に便乗するように巫女が絡むのは良いのか悪いのか、
と悠三は疑いながら、

「幽霊も出るのですか、昔を復活して？」

「さあ、それはどうでしょうか」

今帰仁巫女は、豊見城悠三の裏をかくようなことを言った。悠三の取材意図を察してのことかどうか。

「天女の幽霊が出るとか出たとか、聞きましたが」

「ああ、南風原さんの話を聞かれましたか」

「銘苅子の天女ですか」

「天女といったら、それしか考えられませんでしょう」

今帰仁美也子の視線がまっすぐ悠三を射た。素人がどこまで迫れるかと試す眼だ。

悠三は緊張したが勇気をふるって、

「南風原さんへは、おなじ敷地に天女の幽霊が出ると脅しをかけられたそうですが」

「脅したのではなく事実を伝えたのです。嘘ではないのです」

美也子は悠三をしばらく見つめた視線を、やがて真っ赤な絨毯に落とした。

悠三はいま一歩追い討ちをかける気で、

「美里宝石が新都心に進出しようと企てていることを、ご存じですよね」

「はい……」

今帰仁美也子が、また視線をあげて悠三を射た。新聞記者への警戒をあらためて見せる視線である。

「センチュリー・マンションの西側に美里宝石を持ってこようという計画ではないですか」

豊見城悠三は飛躍的な冒険に出た。いまこの瞬間に思いついた冒険である。美里宝石が新都心に進出するとの計画があることを思いだし、その先に思いついた冒険だ。ひょっとして、美里宝石が新都心進出を企てたものの、その立地について南風原さんと競合することを知って、宝石盗難事件をきっかけにして知り合った今帰仁巫女に、南風原さん撃退を依頼した——のではないか。たぶん、これは正しいはずだ。自分は巫女ではないが、いかにも似てきた、といささか興奮した。が、新聞記者の勘だというのが、正しいところだろう。

その先にしかし、悔しい思いを禁じえないのは、美里も浦添も《さってぃむ》の常連同士でありながら、その利害がいま衝突している、と発見したことである。その衝突に綾子が挟まれている、と考えるのはつらい。

今帰仁巫女が悠三を見つめた。悠三は緊張した。いまにも、あらぬ疑いで詰られるのではないか、と用心した。と、

「私が勧めたのです」

今帰仁巫女が動じることなく答えた。視線がまっすぐ悠三の眼を射ている。

悠三は一瞬、自分の耳を疑った。白昼夢を見たのかとさえ思った。しかし、たしかに今帰仁巫女がいま言ったのだと確認したとき、いささかたじろぐ思いをした。今帰仁巫女が美里宝石から陰謀で頼まれて南風原さんを撃退しようとしている、という冒険的な仮想が、当たったか外れたかどころではない。真実は今帰仁巫女のほうから美里宝石へ殴りこみを勧めたのだとは。

ここで綾子は、巫女としてだけでなく、《さってぃむ》の主人としても今帰仁を敵にまわすことになろうか。

しかし、この発見に喜びはなく、それを超えて思案したのは、ここではからずも見つけた今帰仁巫女の暴力的な理不尽にどう報いようか、ということである。この思案は綾子の期待した「今帰仁巫女の真実を探る」という企てをこえ、もはや綾子を抜きにして今帰仁巫女と豊見城悠三とが正面から戦っているのだ、という武者震いのような思いに絞られた。

　ひょっとして今帰仁巫女は、宝石泥棒がらみの祈願の注文を受けそこなって綾子に負けた、その無念を晴らそうとしたのか、と俗な臆測をした。しかし、今帰仁美也子の美里宝石とのつながりは、もはやそれどころではないのではないか。彼女のいまの落ちつきようと、誤解を恐れず自分の理不尽を告白――というよりむしろ誇っている気配を見て、そう思う。すると、このあとどう戦うべきか、と思案していると、美也子の声がひときわ沈んで、

「素人さんには信じられないでしょうね……」

　自分でも嘘だと気になりながら、どうにも避けることのできない巫女言(ゆたぐとう)というものがある。神の言葉を代弁すると言うほかはない。天女の幽霊というのも、人間としての自分は信じたくないけれども、そんなことはありませんと神へむかって抗議すると、人間にすぎない者が神に刃向かうのは僭越(せんえつ)きわまる、と叱られ

る……。

「美里宝石と南風原さんとで矛盾することは分かっています。でも、仕方がないんです。どちらも神の寄せ言ですから」

豊見城悠三は、徐々に説き伏せられる自分を意識した。そして、いまあらためて気がついたのだが、今帰仁美也子の眼はひと一倍くぼんでいて、それが神秘の影を帯び、その表情が一種の崇高なものさえ覚えしめる。

美里宝石の発展のために無理矢理に南風原さんを抑えこもうとする策謀に、後ろめたい思いをまったく抱かず、すべての責任を神のこころにかぶせてしまう態度の堂々たる虚妄はどうか。いかにもおごそかな陰謀ともいうべきもので、これは世間なみの常識ではもはや戦えない。

悠三は歯ぎしりする思いで諦めた。矛盾や非合理を詰るのは容易だ。しかし、それを矛盾だと詰るなら神へ投げてくれ、と言われかねない。

「……お名前の美也子というのは芸名ですか」

玄関に出て、靴を履こうとする手前で、見送って出た今帰仁巫女に問うた。

「ペンネームです」

何の屈託も飾りもない返事であった。悠三はあやうく失笑しそうになるのを堪えた。美也子がインテリを装おうとする姿勢であり、彼女の職業上の発言に何人たりとも俗な解釈を許さないぞ、という衒いが堂々と頭をもたげていた。

本名を尋ねようかと一瞬考えたが、断念した。職業にかかわっては芸名しか意味をもたない、と遠慮すべきだろう。

今帰仁巫女の職業上の動きがすべてフィクションで飾られているのか、と覚った。フィクションはそれなりに真実だというべきだろう。

豊見城悠三が今帰仁巫女に敗北したかのような、このような結末を綾子に報告すれば、綾子を嘆かせるだろうか。

「理屈は分かっているんだけどな……」

悠三は、社へ帰ると早々に綾子へ電話して、負けたと伝えた。「理屈は分かっているがと相手も言うんだよな。動機を探れと言われても、神を探れというのと同じで、それだけでは戦えない」

技術だけを売りものにしている偽巫女だと綾子は言うが、その偽の技術と真正の巫との境目を、新聞記者ごときの眼では見破れない。

「戦えます」

綾子はあっさり言いきって、悠三を驚かしたが、じつは綾子自身がこの断言の明快きわまる涼しさに呆れていた。

悠三は意気地がない、と綾子は思った。女の自分が闘志を燃やしているというのに男の悠三が挫折しているのを、情けないと失望した。

が、そのあとに思いつめることになった。

〈これまで悠三を尊敬ばかりしてきたというのに、どうしていま失望しているのだろう……〉

そこで思いあたったのは、事が今帰仁巫女に関わるからだろうということである。今帰仁美也子は巫であり、同時に女である。彼女についての世間の噂を聞いてはいたが、悠三の話によればまことに素人騙しで、変な理屈をまともな理屈に見せかけている。巫を職業として悪用している。巫女であれば許されると、甘えきっている。悠三はそれと知りながら、それだけに反論しかねている。

〈私は同性の巫女として、それも真正の巫女として、偽りの巫女に十分抗えるつもりだ……〉

シグルク井でおぼえた敗北感を振り捨てていた。それは真正巫女の誇りにかけてのことだと自負したが、自覚しないところで悠三への思いやりを握り締めてのことではあった。

その夜、店に出て、常連客があまりいないのを、よかったと思った。常連客にはこのような切ない思いを見透かされたくないのだ。悠三をふくめた常連が、例によって幽霊談義を繰り返すなら、たぶんつい大きな声で、「やめてください！」と叫んでしまいそうな気がする。

〈待っててね……〉

午前一時に帰宅してシャワーを浴び、室内の灯を消して椅子をベランダに持ち出し、ゆっくり腰をしずめて街の灯を眺めながら、悠三への思いを胸のなかだけで呟いた。そのうち悠三さんを助けてあげる……。

眺めると、いまさらのようにさまざまな大きさと形のビルが物言いたげだ。それぞれに闇のなかで明かりを発して、ここにいるよと叫んでいる。なかに不気味なほど広い空き地があるが、それが塡められるのは、ひょっとして明日の早朝ではないかと錯覚するほどの、急速な変貌ぶりだ。ここに住みついてから三年だが、もはやその三年前の風景を思いだせない。空き地がみるみる消えていく。その変貌に、いくたりかの巫女が関わっていると聞いている。誠実なのも邪(よこし)まなのもいるに違いない。そのいずれも新都心にふさわしいというものだろう。新都心に踏み潰された死者たちがその怨念を晴らすのに巫女たちの口を借りるのも納得できるし、死者同士の戦いもあるだろう。そこでいま、死者のかわりに天女が出てきて、巫女を試そうとしている。同時に巫女が天女伝説を借りて、新都心を食おうとしている。そして新都心は食われまいと、綾子に訴えている。

新都心よ。悠三さんは人がいいというか、うまく騙されかかっているが、私は騙されないよ。銘苅子の天女は私の誘いにかかってくれなかったけれど、この夜が明けたら、私にあらたな霊能が生まれて、新都心にふさわしい、たぶん今帰仁巫女が嘘で作り出した天女を打ちのめすほどにも、超絶世の美人天女を授けてくれるに違いない。

〈新都心よ、今夜は私をゆっくり眠らせてね……〉

と祈りはしたものの、年来にないことを考えつめたせいか、一度だけ会ったことのある今帰仁巫女の面影が闇のなかでなかなか消えないこともあって、明け方まで眠れず、目覚めたときは正午に近かった。

そこへ電話が鳴った。自分には早すぎるが、世間なみの働く時間には違いない。十回ぐらい鳴らせて取ると、豊見城悠三だ。

「昨日の話の続きをしたい……」

と、いきなり言うが、声に張りがない。

と思っていると、つづく話も弱音になりそうで、そのせいか電話では無理だがどうしようかと言うのへ、食事を一緒に摂(と)りながら話しましょう、と綾子のほうから申し出た。

「うちでしない？　私はちょうど朝昼兼ねるけど」

できるだけ深読みをされないように、さらりと言った。

悠三ははたして一瞬のためらいを見せたが、承知した。そしてまもなく、流行のかりゆしウェアでなく、ボーイッシュな黄色い横縞(よこじま)のポロシャツ姿であらわれた。が、すぐ用件を言うのでなく、ベランダのごく近くまで寄って呟くように、

「ほう、ここから眺めると、あらためて夜に眺めてみたくなった」

それから、すぐに照れ隠しのように、

「メインプレイスが全容を見せるとよいのだが。……なんだ、博物館が建っても、ここからはまったく見えないのだな」

手前でマンションが工事現場を隠していることを言っている。前にも一度はここに泊っているくせに、なにをいまさら、と綾子はすこしおかしいが、たぶん肝心要(かなめ)の話を言いだしかねて、話の道草をくっているだけだろう、と察すること

にした。言い出しかねるほどの悔しい話なのかと、気にはなるが。

フランスパンに添えるサラダをボールから皿へ移しながら、自分のほうでもいろいろな思いをうまく言い表わせないのが、ひそかにもどかしい。

「簡単だけど……」

テーブルにステーキの皿を置きながら、牛肉が冷蔵庫のなかにあってよかった、と思った。焼くのに少々時間がかかったと、実際にはそれほどでもないのに思った。卵を焼きながら、いつかちゃんとしたオムレツを食べさせたいものだとも思う。

「今朝一番に、県教育庁に行った……」

悠三が話しはじめると、綾子はコーヒーを注ぐ手を一瞬休めた。なんのために？　という疑いと、なにやら込み入った話のようだという拘りがある。電話での半ば泣き言のような報告が、もっと深刻なものになるのだろうか……。

「博物館の建築現場から出た骨の話を聴きに行ったのだ」

綾子がたのんだ今帰仁巫女の真否を質す話には違いない。なるほど、と頷きながらコーヒーを注ぎ終わったころ、

「文化財の担当者にも会ってね。いろいろ話すうちに、銘苅子の井戸のことを聴

いたのだ」

「………？」

「どうも話がかみ合わないと思ったら、井戸が違うんだって」

「え……？　何が違うって？」

「井戸がさ。つまり、シグルク井は銘苅子の、天女の井戸ではないそうだ」

言いおわって悠三は、綾子の表情がはやくも強ばっていき、眼がすわって血の気が引く気配さえ見せるのを認めた。案の定だ。来る道々、これで片付くのかどうか、真実がむしろ綾子を深く暗いこころの井戸に突き落とすことになりはしないかと、気になりながら来たのだ。報告を省くべきだったか、と省みた。しかし、息を詰めるようにして自分に言いきかせた。これは二人にとって、どうしても越えなければならない垣だ。

ただ、悠三は負け惜しみでなくそこまで考えているが、綾子はいま、それどころではない。かろうじてその狼狽を隠すように、

「それで？」

とりあえずそれだけしか言えない。混乱と困惑が瞬時に脳裏にいっぱい満ちて絡まる。そして、眼の前に深く暗い井戸が口をあけているのを見た。名前のない、

もっぱら綾子を吸い込むだけのために生まれた井戸。そこにいま跳びこみたい誘惑に打ち克(か)たねばならない……。

「それだけの話さ」

綾子がそれで？　と訊いたのは、それだけの話に終わらせてもらいたくない思いを持っているのだと、悠三は気がついている。綾子はいま、なんらかの滅びを予感し、恐れ、救いを求めている。しかし彼のほうでは、それ以上に話を延ばす用意がない。このさい、天女伝説にかかわる銘茹子の井戸をめぐって、伝説の世界はもはやはるか彼方(かなた)に飛び去ったようなものだと、綾子に現実認識を持ってほしいのだが、いまあらわれた現実が綾子にはまだ早すぎ、かつ厳しすぎるのかと思えば、これ以上に何を言えばよいか。

ごまかすように、パンをちぎって左手に持ち、しかしそれを食べずに、綾子が食卓に出す前に切り分けた肉を右手のフォークで刺そうとして、玉子焼きに切り替えた。綾子の立場や思いがけなく襲ってきた屈辱感や滅びの予感を思いやり、しかしこのさい、どう助けてあげればよいか分からない、その苛立(いらだ)ちが迷い箸になってあらわれた。

綾子はその手つきを笑うどころではなく、

「ほんとにそれだけの話？」

「綾子の祈願を変えなければなるまいが」

「で、どこに？　本物の井戸は？」

「それが……本物は見つかっていないのだそうだ」

「本物が見つかっていないのでは、祈願を変えようもないじゃない？」

泣き声が混じっているかと訝しみながら、そうだなと小さな声で相槌を打ち、この会話がいかにも不毛だ、いや、絶望を呼ぶだけか、と悠三は悔しい。

「いつから？」

「なにが？」

「本物が見つからないというのが」

「さあ。戦前の銘苅部落時代からなのか、新都心になってからなのか……」

悠三はそれ以上を言えない。これだけを言ったとたんに、戦争と新都心がいろいろさまざまなものを呑みつくして見えなくしたのだ、と覚った。その代償として古墓群が発掘されたのではないか、とさえ思えた。その六十年間の事情が自信にみちた真正の巫女の眼をも眩ましたのだから、恐ろしい。

〈誰が？……〉

という問いを綾子はひっこめた。誰がシグルク井を銘苅子ゆかりの井戸だと言いだしたか、と問いたいのである。いまごろになって荒唐無稽に近い天女の幽霊——というより幻想あるいは妄想をめぐって、縁のない人に欺かれ、振りまわされた、という思いが悔しい。しかもその問いが、新都心に幽霊が出ると言いだした人を探すことと同じだ、と気がついて、あたかも真夏の街道の前方に逃げ水を見るような思いに耐えられない。

シグルク井での祈願を思いだした。世間の巫女と異なり、まったく無私の祈りのつもりであった。ところが、その祈りの言葉に反応する霊の気配を覚えなかった。巫女としてはじめての体験である。その記憶が気になる。今帰仁巫女の脅迫めいた予言に南風原さんがまず乗せられ、それに浦添が乗り、自分が乗って、疑うことなくシグルク井を拝んだのである。霊の感触がなかったのは、たとえば拳固で空を撃ったようなもので、その空を確かめた意識こそが、いま思えば自分が真正の霊能をもった巫女であることの証なのだろうが、あのときはそこまで思い及ばず、むしろ人知れず敗北感——根拠のない敗北感をかみしめたのであった。

そのことを恥じる思いで、浦添にも南風原さんにも話さなかった。かろうじて「天女はいません」と浦添さんにきっぱり答えたが、それにたいして、傍で聞いている南風原さんの反応はなかった。あれは自分のあらたな闘志を呼んだけれども、それは単なる負け惜しみでなかったかどうか。そして、南風原さんにどう評価されたものか。

　シグルク井での霊能についての自信が揺れている。敗北感もあらそえず、真正の霊能への自信も認めたいが、それは負け惜しみではないか、という反省も湧く。

　さらに、問題はそこを拝む前に自分がなんら抵抗も批判もしなかったことではないか。今帰仁巫女がどのような陰謀を持ってか持たずにか、「天女の幽霊が出る」と脅迫めいた予言を投げたわけだが、自分がその幽霊を抑えようとの志をもったことが、軽率で誤っていたわけだ。たとい注文を受けてのことだとはいえ、勇み足で選んだシグルク井が偽りであったとは、巫女にあるまじきこの不明を誰に恥じればよいのだろう。真正の霊能はあのときすでに失われていたのではあるまいか。なぜだ？——悠三にその救いまで求めるのは無理なようだ。シグルク井は天女と縁がないと伝えた悠三に「それで？」と問いかけた言葉が宙に浮いたままだ。悠三を助けてあげると、いい気になっていたことを思いだし、これでは一緒に敗北したことになるのか、と情ない。取り返すことはできないか。

　眼の前のステーキや玉子焼きが、悠三のために拵(こしら)えたものであるには違いないが、なにか白々しいものに見えてきた。冷めていくのを防ぎようもない。

　黙々と食べた。

　食べ終えて言った。

「今帰仁巫女に会いに行きましょう」

「なにしに？」

　悠三が言葉すくなに、しかし確実な問いを発したのも無理はない。今帰仁巫女にむかっていまさら言うことがあるのか。

「なぜ、あのような出鱈目を言うのかって……」

「意味がない……」

　悠三は笑うのを遠慮したが、綾子の悔しまぎれのような短慮には、それが自信ありげなだけに、危惧を禁じえない。「それより、浦添さんや南風原さんに意見を言ったほうがよい」

　それは常識にすぎないでしょう、と綾子はかつてない頑固さをみせた。

「南風原さんや浦添さんは、あの敷地を諦めれば済むことです。しかし、私はそうはいきません。今帰仁巫女が安泰でいるかぎり、私の立場はないのです」

　悠三は呆れた。綾子のプライドを理解しないではないが、いま今帰仁巫女の面子（ツ）を叩（たた）き潰したからといって、天女の伝説が死ぬとも生き返るとも、決まるものではあるまい。巫女としての霊能の真否にかかわらず、伝説の存否は変わらないはずだ。

「新都心の空き地のすべてに建物が塡まるまでは、幽霊のデマが滅びることはあるまい。その経過を待ってよいではないか」

「だってですよ……」

執拗（しつよう）にくいさがる綾子のこの焦りはもはや救えないのか、と悠三が訝っていると、「そのときには、私と今帰仁巫女との、どちらが正しいか分からなくなるではないですか」

さってぃむ、さってぃむと、悠三はひそかに胸中で呟いた。そして、これ以上のコメントを控えて対話を閉じることにした。

「豊見城さあん」

綾子のマンションを出て、自分の車をおいた駐車場へ足を運んでいると、カメラマンの読谷紀太郎の声に呼びかけられた。

「何をしているんだ？」

答えを問いかけにした。綾子の部屋から出てきたことを見抜かれたのではないか、と内心びくつき、それを誤魔化すようについ大声になった。

「今帰仁美也子さんを撮影に行くんです。豊見城さんも、最近会ったそうですね」

今朝、電話でアポを入れたら、今帰仁さんがそう話した、という口ぶりではしゃいでいる。巫女の撮影？　社会部でも文化部でもそんな企画があったかな、と考えているうちに、紀太郎は今日は休暇をもらってアルバイトの仕事をこなしているのだと、白状した。

「新都心の風景のなかに置いてみようかとも思うんですが……」

どうでしょうかなという相談が、言外にこめられている。紀太郎も味なことを考える、と思った。

東京の出版社が沖縄の巫女に興味を持ちはじめている様子も見える。その企画の手つきが巫女の存在に肯定的であるにせよ否定的であるにせよ、那覇新都心の開発との微妙な関わりかたを写真で表現できるものかどうか。とくに天女の話などをひっかけてくると、二十一世紀の話題として面白い、というものかもしれない。「戦後六〇年」の企画にあらためて組み入れてもわるくあるまい。とりあえず読谷紀太郎の若いお手並みを見たいものである。――と、ひそかに空想を楽しんだあと、綾子を新都心に置いて撮ったらどうだろうか、と思い及んだ。

綾子を今日抱かなくてよかった、あるいはこれからも抱かないかもしれない。綾子をしばらく純粋のままに放置しておくのがよいだろう。

真夏の空が青い。雲が白い。太古から変わらないはずのその風景に拮抗するだけの確固たる地上の風景を、この新都心に創り出せるものか……。

綾子は悠三を送り出し、食事の片づけをすませると、ベランダへ出て暑い日射しを浴びたまま市街地を眺め、悠三がいまごろどの路地をどこへ向かって歩いているか、想像した。今日も抱いてもらうことに成功しなかった。しかし、この内緒の欲望はたぶん、すくなくとも今帰仁巫女に勝つまでは果たせまい。そして、新都心がいまの調子で開発が進む以上、そのうちにも新たな幽霊の伝説が生まれ、男を求める願いなど、なかなか果たせないかもしれない。

天女が実在するとすれば、この自分の事情を雲の上で笑っていることだろう。それが実在するかどうかを確認することも、いまの自分の霊能を超えているようで、悔しいけれども。

# 単行本あとがき

巻頭の二編は私小説である。

　私として私小説はめずらしい。ただ、妻が思いがけなく脳梗塞という病気を患い、それを見守っているうちに、それを作品にしなければならない衝動を抑えることができなかった。といっても、単なる病妻ものにはしたくない、と思っているところへ、亡友への思いと絡めることができ、それが独自の普遍性を生んで、川端康成賞を受けることができた。

　それと連動するように、こんどは自分の病気を書くことにもなった。「病棟の窓」にははからずも家族への思いを書いた。

　数十年間、「沖縄」にこだわってきて、「沖縄の私小説を書いています」と冗談を言ったりするが、この機会に両作品で、私小説の普遍的な存在というものが見えてきた気もする。

「まだか」の発想と経過は面妖なものであった。ある若い友人が「父が百歳に近いので、そのときはよろしく」という奇妙な挨拶をくれた。告別式の広告に友人として名を出してくれということである（沖縄では誰もが告別式の広告を出す、という風習については、作品に書いた）。が、この友人の話は蒸発してしまった（つまり、時期について連絡がなかった）が、その代わりのように、この作品ができた。人の、というか身内の死への期待（というか、不安というか）というものは、かくもあろうかという例でもある。

「四十九日（しじゅうくにち）のアカバナー」は、身内であるようなないような縁者がモデルになっているが、巫女（ゆた）とアカバナーのモチーフは、まったくのフィクションで、これが小説を形作っているかと思う。四十九日とは中有（ちゅうう）＝中陰というべきもので、アカバナーは花だから、玄侑宗久さんの「中陰の花」という作品の題名に似てしまった。ただ当方の地方色は出ている。そして、これが普遍性をなしたといえるかと思う。

「エントゥリアム」の主人公は私の甥（おい）（姉の息子）をモデルにした。祖父を沖縄へ引き揚げさせるためにハワイへ行ったが、祖父はすでに入院していたので、看病したあとにお骨を持って帰ることになった。ただテーマは、私自身がかねてハワイへ行ったとき、そこで移民一世たちの生活を見て、こころを動かされた体験を基にしている。だから、筋書きはフィクションである。その感動の深さ（という言い方が僭越なら、作者の愛着の深さ）は、この作品集のどの作品よりも強いものだ、と読む読者もいるのではなかろうか。そして、それはある意味で、私小説の世界にも近いものであろうかと思う。

「天女の幽霊」は、作品集のなかで最もフィクションの度合いが強いものであろう。私生活をふくめて、まったくモデルをもたない。那覇市新都心のなんともいえない存在感のような空しさのようなものを、フィクションにしたのであるが、これが民俗学の世界とつながってしまったのは、やはり私のキャリアと繫がるものかと思う。そして、現代の最新鋭の風景を描きながら、その言葉には方言を十分に生かすべき衝動に駆られたので、ルビの使い方に新しい方法を用いた。

# 解説

池澤夏樹

今、ぼくは大城立裕の他界から一か月という時点で、この人の文業を思い出しながらこれを書いている。気持ちは追悼に近い。

始まりは「カクテル・パーティー」だった。芥川賞のおかげで多くの人が読んだ。その後にたくさんの長篇・短篇が居並ぶ長い豊穣(ほうじょう)の時期が来る。ぼくは『日の果てから』、『かがやける荒野』、『恋を売る家』の戦後三部作をとりわけ熱心に読んだ。

この人についてはまず沖縄文学を日本文学に接続した功績のことを言わなければならない。琉球＝沖縄は本土＝内地（沖縄を除く日本）とは異なる歴史と文化を持つ。沖縄の文学者が日本文学の場に登場するには、本土の人が知らない事柄を作品の中で伝える必要がある。これは作家にとってハンディキャップであると同時にアドバンテージでもある。エグゾティスムに訴えていいのか否か。

この本の中ならば「四十九日のアカバナー」や「天女の幽霊」の中でユタをどう表記しどう説明するか、作者は迷っている。ユタは巫女である。個人的な悩みについてユタに相談する、判示を仰ぐということを沖縄の人はしばしばする。本土＝内地の人も占いに頼るが、ユタに対しては思い入れの深さが違う。沖縄では空気中の霊的なるものの含有量が高い。

そういうことについての説明を織り込みながら書かないと沖縄文学は日本文学にならない。「カクテル・パーティー」について言えば、異民族による軍政の社会がどれほど生きづらいかが主題だが、本土＝内地の側はそんな経験はとっくに忘れている。文学を通じて訴えるのが沖縄の文学者の使命だとすれば、その人は創作者としての意志の他にスポークスマンとしての任務を負うことになる。大城立裕はそれを見事に果たした。

「レールの向こう」と「病棟の窓」は本人が言うとおり私小説である。自分の身辺に起こったことをフィクション化を避けて報告風に書く。そこに自ずと情感が生まれる。

私小説とは日本文学において明治末期から昭和の終わりまで流行した、自分を主人公としての自分語り、むしろ告白と告解の小説のことだ。時にはそれが自嘲や露悪の域にまで達した。それが文学への誠実な姿勢と考えられた。

そういうものからずいぶん遠いところで大城立裕は老いた身に起こることを淡々と伝える。静かな言葉で自分と妻の現在と過去を記述する。病気とはいえ日常の時の流れは止まらない。

冗談めかしてながらあとがきで、自分は数十年間「沖縄の私小説を書いています」と言っているところが本書の眼目である。彼は「私が沖縄なのだ」と宣言しているのだ。「朕は国家なり」に似た自負であり豪語である。自分にはたくさんの沖縄人が憑依(ひょうい)している。スポークスマンの自覚とはそういうことである。

ぼくは一九九四年から十年間を沖縄で暮らした。前半の五年は那覇、後半は知念村。血縁などまったくない勝手な移住だった。以前から友人は多くいたけれど、彼らはだいたい文化人だった。地域とのつながりはもっぱら二人の娘を預ける保育園・幼稚園・小学校。それに一年間だけ区長としてご近所十軒あまりに文書配布や少額の集金などをしたことがあるばかり。行事や習俗には接したが人間関係の網の中には入らなかった。いつになってもシマナイチャー(内地から来た人)だった。

沖縄では親族関係の網の目が細かい。家門があり、本家・分家があり、一族の正統性を証するトートーメー（位牌）があり、シーミー（清明祭）という大がかりな墓参があり、墓は巨大な亀甲墓か破風墓。照屋林助の名曲「年中口説」の歌詞でわかるように行事は次々に押し寄せる。そういうこととはぼくはほぼ無縁だった。いつも招かれる側であり主体となったことはない。

だからウチナーンチュ（沖縄の人）の心の動きの原理がわからない。『カデナ』などいくつか沖縄を舞台にした小説を書いたが、登場するのはみな沖縄と外の世界の境界線上に立つ者ばかりだった。

この短篇集を読んで、人々の心理の描写に改めて感心した。それは大城立裕の伎倆に感心したのかもしれない。何人もの人間が関わる事態でそれぞれの思惑のずれがことを思わぬ方へ動かしてゆく。その一歩ずつをまるで棋譜の一手ずつのように記す。スタンダールかラディゲの手法が上手に応用されている。

例えば、「まだか」では、老いて死は遠くないと思われる父について身内や友人がその時期を定めかねて右往左往する。その日はなるべく遠くというのは建前であって、そう言っていられない者もいる。アメリカー（アメリカ人）に嫁いで三十年戻ったことのない妹のふるまいが兄たちには読み切れない、このあたりがいかにも沖縄らしい。立場とお金が絡み合うからみなが何枚もカードを持つことになる。

「エントゥリアム」では九十二歳の祖父が入院したという報せに応じて主人公がハワイ島に行く。ローマ字の手紙、出迎えた人の広島弁めいた古い日本語にウチナーグチ（沖縄語）が混じるヒガさんやカネシロさん相手の奇妙な会話などを通じて、一度も帰国しなかった祖父の生活が少しずつ明らかになる（比嘉も金城も沖縄の姓である）。移民としての苦労が偲ばれる。

どの作もよくできた群像劇だというのは大城立裕が組踊、すなわち琉球化された歌舞伎の復興に力を尽くした演劇人でもあるからだ。その片鱗は「天女の幽霊」の銘苅子の話にも見える。

「四十九日のアカバナー」では若者の事故死をきっかけに親二人だけでなく親族がそれぞれの立場で関わって後の始末が紛糾する。廃車捨て場と墓の位置関係、本家と分家の力関係、それに巫女すなわちユタの判示。

先に触れたように沖縄ではユタは人々の日常の中にいる。何か不幸が起こると人はユタのところに行って指針を乞う。謝礼を払うのだからこれをユタ買いと呼ぶ。四代前の祖先のこのふるまいが祟っているのだからここへ行って御願（拝み）をしなさい、などと言われる。祈禱の場は一つではないこともあり、米・泡盛・線香などのうぐぁんキットを持ってタクシーを一日雇ってそのユタも同行して回る。大がかりなお祓いの行脚である。

この話の中で光子はユタの言うことを信じ切れなくて他のユタのところに行く。こういうふるまいを人がからかって「七ユタ買い」と呼ぶ。七は多いという意。

大城立裕はユタに頼る姿勢に沖縄人の最も深い心性を見ていた。人間の世の中は知識や経済だけで回っているのではない。人知の及ばぬところでことは決まってゆく。それを知るためにユタに頼る。知的な科学の人でも不思議なことに出会えばユタのところに行く、という事態をぼくは短篇「連夜」で書いた。あれくらいは類推と想像で書けた。

「天女の幽霊」のユタ同士の力比べがおもしろい。時代は正に今である。那覇市街地のすぐ隣の天久地区が米軍から返還され、新都心として再開発が進んで「おもろまち」という名が付いた（琉球文学の古典『おもろさうし』にちなむ）。四角いビルが建ち並ぶが、だからと言って古いものが一掃されたわけではない。土地にはそれぞれの由来ないし歴史がある。

その一例が井戸。沖縄の言葉では井戸も泉も「カー」と呼ばれる。亜熱帯で雨量が多く、琉球石灰岩は水を通すから地下水は豊富、到るところに井戸や泉があってこれが集落の中心になる。地形が人間の社会を作った。

おもろまちの佐川急便の裏にあるカーに幽霊が出るという噂から話が始まる。いわゆる都市伝説だが、それに土地売買の思惑が絡んでくる。この組合せが大城の真骨頂であり、生々しい沖縄レポートの核である。

人は霊によって生き、金によって暮らす。

主人公の綾子にはユタであるという自覚がある。それを作ったのはいくつも続く身内の不幸だった。早くに父母を亡くし、兄と弟も病死し、親代わりだった姉を交通事故で失った。そこでお告げが聞こえる、「御元祖の祀りも大事だが、世間さまのためになることを務めよ」。

ユタはみな重なる不幸によって霊的職務を自覚する。これをカミダーリという。

九十五歳で大往生を遂げた大作家に対してこんなことを言うのも何だが、もしもなお一年の寿命があれば彼はこの話をきっちり長篇に仕立てたのではないか。

大城立裕は沖縄と内地を繋(つな)ぐべく文学に勤(いそ)しんだ。ぼくはここでそれを補強したにすぎない。たぶんまだまだたくさんの架橋が要るのだろうが、それは日本という国の文化を多様化する努力である。文化において均質は衰退のしるしでしかない。

二〇二〇年　冬至(トウンジー)まで一月という頃　札幌

（いけざわ・なつき　作家）

本書は、二〇一五年八月、新潮社より刊行されました。

大城立裕の本

# 焼け跡の高校教師

戦後占領下の沖縄。私は校舎も教科書もない高校に赴任し、国語ではなく〝文学〟を教えたいと考えた。物はないが、戦争はないという開放感に満ち溢れた時代の生徒と教師を描く自伝的小説。

# 集英社文庫　目録（日本文学）

大沢在昌　ダブル・トラップ
大沢在昌　死角形の遺産
大沢在昌　絶対安全エージェント
大沢在昌　陽のあたるオヤジ
大沢在昌　黄龍の耳
大沢在昌　野獣駆けろ
大沢在昌　影絵の騎士
大沢在昌　パンドラ・アイランド(上)(下)
大沢在昌　欧亜純白ユーラシアホワイト(上)(下)
大沢在昌　烙印の森
大島里美　君と1回目の恋
大島里美　サヨナラまでの30分 side：ECHOLL
大城立裕　焼け跡の高校教師
大城立裕　レールの向こう
太田和彦　ニッポンぶらり旅 宇和島の鯛めしは生卵入りだった
太田和彦　ニッポンぶらり旅 アゴの竹輪とドイツビール

太田和彦　ニッポンぶらり旅 熊本の桜納豆は下品でうまい
太田和彦　ニッポンぶらり旅 北の居酒屋の美人ママ
太田和彦　ニッポンぶらり旅 可愛いあの娘は島育ち
太田和彦　ニッポンぶらり旅 山の宿のひとり酒
太田和彦　おいしい旅 錦市場の木の葉丼とは何か
太田和彦　おいしい旅 夏の終わりの佐渡の居酒屋
太田和彦　おいしい旅 昼の牡蠣そば、夜の渡り蟹
太田和彦　東京居酒屋十二景
太田和彦　町を歩いて、縄のれん
太田和彦　風に吹かれて、旅の酒
太田　光　パラレルな世紀への跳躍
大竹伸朗　カスバの男 モロッコ旅日記
大谷映芳　森とほほ笑みの国 ブータン
大槻ケンヂ　わたくしだから改
大橋　歩　くらしのきもち
大橋　歩　おいしい おいしい

大橋　歩　テーブルの上のしあわせ
大橋　歩　日々が大切
大前研一　50代からの選択 ビジネスマンは人生の後半にどう備えるべきか
大森寿美男　重松清・原作　アゲイン 28年目の甲子園
岡崎弘明　学校の怪談
岡篠名桜　浪花ふらふら謎草紙
岡篠名桜　見ざるの天神さん 浪花ふらふら謎草紙
岡篠名桜　雪の夜明け 浪花ふらふら謎草紙
岡篠名桜　芝居巡り 浪花ふらふら謎草紙
岡篠名桜　花の懸け橋 浪花ふらふら謎草紙
岡篠名桜　屋上で縁結び
岡篠名桜　屋上で縁結び 日曜日のゆうれい
岡篠名桜　屋上で縁結び 縁つむぎ
岡田裕蔵　小説版ボクは坊さん。
岡野あつこ　ちょっと待ってその離婚! 幸せはどっちの側に?
岡本嗣郎　終戦のエンペラー 陛下をお救いなさいまし

# 集英社文庫 目録（日本文学）

集英社文庫

レールの向こう

2021年2月25日　第1刷　　定価はカバーに表示してあります。

著　者　大城立裕
発行者　徳永　真
発行所　株式会社　集英社
東京都千代田区一ツ橋2-5-10　〒101-8050
電話　【編集部】03-3230-6095
【読者係】03-3230-6080
【販売部】03-3230-6393（書店専用）
印　刷　大日本印刷株式会社
製　本　ナショナル製本協同組合

フォーマットデザイン　アリヤマデザインストア　　マークデザイン　居山浩二


ISBN978-4-08-744213-7 C0193